オフィスでキスはおあずけ

ミシェル・セルマー 作
緒川さら 訳

ハーレクイン・ディザイア
東京・ロンドン・トロント・パリ・ニューヨーク・アテネ・アムステルダム
ハンブルク・ストックホルム・ミラノ・シドニー・マドリッド・ワルシャワ
ブダペスト・リオデジャネイロ・ルクセンブルク・フリブール・ムンバイ

CAROSELLI'S BABY CHASE

by Michelle Celmer

Published by Harlequin K.K., Tokyo, 2014

ミシェル・セルマー

デトロイトに生まれる。子どものころから書くことが大好きだったが、高校卒業後は美容学校に進学。19 歳で結婚し、3 人の子どもの母となった後、本格的に文章を書く勉強を始めた。ジェニファー・クルージーの小説を読んだことをきっかけに、ロマンス小説を書こうと決心したという。

主要登場人物

キャロライン・テイラー……マーケティングコンサルタント。愛称キャリー。
アリス……キャリーの親友。
ロバート・カロゼッリ……〈カロゼッリ・チョコレート〉マーケティング部門責任者。愛称ロブ。
デミトリオ……ロブの父。〈カロゼッリ・チョコレート〉CEO。
メガン……ロブの妹。
ジュゼッペ……ロブの祖父。〈カロゼッリ・チョコレート〉創始者。
トニー、ニック……ロブのいとこたち。
テリー……ニックの妻。
レオ、トニー・シニア……ロブのおじたち。

プロローグ

ジュゼッペ・カロゼッリは毎年、亡き妻アンジェリカの誕生日である十二月三十日に、ラズベリーとくるみのタルトをつくる。飾りに使うダークチョコレートは、もちろん〈カロゼッリ・チョコレート〉の製品だ。

アンジェリカはこの菓子が大好物だった。ジュゼッペは六十八歳で亡くなった妻をしのんで、この日を毎年、家族とともに祝っている。一時間もしないうちに全員が集まるはずだが、三人の孫息子のうちのふたりはすでに、ジュゼッペの頼みに応じて早く到着していた。

ふたりはアイランドキッチンのスツールに座り、子供のときと同様に、材料を慎重にはかってまぜあわせている。彼らは生まれたときから、イタリア移民であるジュゼッペが心血をそそいで築きあげた会社、〈カロゼッリ・チョコレート〉を継ぐ者たちとして育てられたのだ。

だが、孫息子は三人とも次の世代を育てることに興味を示さなかった。彼らが身をかためて息子を持たないかぎり、カロゼッリの姓は途絶えてしまう。ジュゼッペはなによりもそれを恐れ、三人にある提案をした。その結果、ニコラス——ニックだけはなんとか結婚してくれて、未来に希望が出てきた。

問題は残るふたりだ。

ジュゼッペはアイランドキッチンに近づき、ふたりに話しかけた。「もう耳に入っているかもしれないが、ニコラスは三千万ドルのうちの彼のとり分を放棄した」

「ニックから直接聞いたよ」アントニオ——トニー

が顔をしかめて答えた。

　トニーは孫息子のうちでいちばん年齢が上で、野心的だ。

「つまり、おまえたちが身をかためて息子をもうければ、おのおの千五百万ドルを手に入れられるというわけだ」ジュゼッペはトニーから、もうひとりの孫息子、ロバート――ロブに視線を移した。

「大金だな」ロブがゆっくりとうなずいた。

　ロブは会社の最高経営責任者《CEO》であるジュゼッペの長男、デミトリオの息子だ。いまは父親とのあいだに少々問題をかかえているが、解決すれば父親の後を継ぐ者として実力を発揮してくれるだろう。

「ああ、大金だ」ジュゼッペは同意した。

　彼は三人の孫息子たちに、カロゼッリの姓を受け継ぐ男の子が誕生したら、それぞれに一千万ドルを譲ると約束していた。

　だが、ジュゼッペが本当に与えようとしているのは金ではなかった。彼には孫娘も四人いる。男の孫だけに大金を与えることなどできるわけはない。

　結局のところ、結婚して幸福を得たニックは一千万ドルのとり分を断ってきた――ジュゼッペが期待していたとおりに。

　トニーとロブはどうだろう？

　きっとニックのように、最後には正しい決断をしてくれると、ジュゼッペは信じていた。

1

ガールフレンドがほかの男に肩を抱かれてホテルのバーをあとにするのを、ロバート・カロゼッリ――ロブはぼんやりと見送った。怒ることができればよかったが、そんな元気はなかった。このパーティにだって、彼女の強い誘いがなければ来なかっただろう。

「騒ぐような気分じゃないんだ」

九時ごろガールフレンドのオリビアから電話がかかってきたとき、ロブはそう答えた。もう寝るつもりでいたし、できればこれから三カ月ほどは寝て過ごしたかった。出社しなければ、マーケティング部門の責任者として会社の上層部から信頼されていないという事実に直面せずにすむ。

たしかに売りあげは減少している。だが、いまは国全体の景気が停滞しており、業績が思わしくない企業は〈カロゼッリ・チョコレート〉だけではない。それなのに、ＣＥＯであるロブの父親は、プロのマーケティングコンサルタントをロサンゼルスから招くことに決めた。

キャロライン・テイラーはその道での天才と称されているが、ロブにとっては外部のコンサルタントの協力を仰ぐこと自体が屈辱だった。抵抗はしたものの、役員を務めるカロゼッリ家のみんなが賛成しているとなれば、ロブも受け入れるしかなかった。

仕事上の悩みに加えて、ロブは祖父の提案についても考える必要があった。妻をめとり、後継ぎとなる男子をもうければ大金をもらえるのだ。

大学時代の友人たちの多くは、すでに結婚している。ロブは仕事が忙しいこともあって私生活について真剣に考えてはいなかったが、千五百万ドルを無視することはできない。ロブがとり分を放棄すれば、総額三千万ドルがいとこのトニーのものになると思うとなおさらだ。

しかし、オリビアがロブの妻となり後継ぎを産むにふさわしい女性ではないことはわかっていた。だから今夜は家で過ごすつもりだったのだ。

〝大みそかに家に閉じこもっているなんて！〟電話で、オリビアはそう言った。〝誰にもキスできないじゃない。アメリカ人が新年の始まりにキスをしないなんて、ありえないわ！〟

けれども、そのオリビアはもう店を出ていってしまった。ロブが誰とキスしようがどうでもいいということだ。彼女を責めるつもりはない。自分はパーティの花形とはとうてい言えず、十時ごろ会場に来てからは隅にある高いテーブルについたきりで、動こうともしなかったのだから。

ロブはいま三杯目のスコッチを飲みほしたところで、来たときよりはだいぶくつろいできていた。アルコールのおかげだろう。カロゼッリ一族はみんなで集まって飲み、噂《うわさ》話をするのが大好きだが、ロブがはめをはずすことはめったになかった。もちろん泥酔することもない。だが、今夜はいつもより酒量が多いという自覚はあった。

ロブは席からバー全体を見渡した。会場は酔っ払った陽気な男女でいっぱいだ。人が波のように揺れて見えるのは、ロブ自身も酔っているせいかもしれない。

「すみません！」

突然、隣から声をかけられて、ロブはさっとそちらに顔を向けた。そして何度かまばたきした。目の前に天使のような女性が立っており、とても現実とは思えなかったからだ。

まばゆい金色の長い髪はゆるやかにカールして背

に落ちかかり、ハート形の顔は若さと健やかさで輝いている。

ロブは視線を下ろした。女性は百五十センチあまりと小柄だが、罪深いほどの脚線美の持ち主だった。スキニージーンズとぴったりしたブルーのセーターが完璧に似合っている。

「この席はあいている?」女性が音楽にもまさる声でたずねた。「あなたに下心があるわけではないのよ。ずっと立ちっぱなしだったから、少し座りたいだけなの」

ロブはさっきまでオリビアが座っていたスツールを身振りで示した。「どうぞ、ご自由に」

「ありがとう」女性はスツールに腰かけ、深く息をついた。「命の恩人だわ」

「どういたしまして」

女性が華奢《きゃしゃ》な手を差しだした。爪は短く、手入れされている。「わたしはキャリー……」

女性はつづけて姓を名乗ったが、周囲であがった笑い声に紛れて聞きとれなかった。繊細な外見に似合わず、握手は力強かった。

ロブはほほえんだ。「はじめまして、キャリー、ぼくはロブ」

「はじめまして、ロン」キャリーが笑みを返した。

ロンではなくロブだと正すべきだった。だが、キャリーの笑顔があまりにも愛らしく、ロブはつい見とれてしまい、訂正する機会を逸した。彼女の好きなように呼んでもらおうと、ロブは考えた。「飲み物をおごらせてもらえるかい?」

キャリーは首をかしげた。「下心があるの?」

ロブはこういった場所で初対面の女性をくどくような軽いタイプではなかった。だが、ふと気づくとこう返していた。「そうだとしたら問題があるかな?」

ロブを品定めするかのように、キャリーは少し上体をかがめて顔を近づけてきた。セーターの深くくれた襟もとから深い胸の谷間がのぞき、ロブの視線は自然にそこに吸い寄せられた。

「場合によるわ」キャリーは答えた。「あなたのような男性が大みそかの十一時十五分にひとりで座っているなんて、ちょっと不自然だもの」

「ぼくのような男性？」

キャリーはぐるりと目をまわしてみせた。「自分がどれほどすてきか、気づいていないふりをするつもり？」

「連れがほかの男と行ってしまってね。いまはひとりなんだ」

キャリーはまばたきした。「その女性は目が不自由なの？　でなければ大間抜けね」

ロブは笑った。「退屈だったんだと思う。今日のぼくは、なにかを祝う気分にはほど遠かったから」

とはいえ、気分は確実に上向きになっている。

「じゃあ、ガールフレンドはいないというわけ？」

キャリーは疑わしげだ。

「いないよ」

「奥さんがいるんじゃないの？」

彼は指輪をしていない左手を掲げてみせた。

キャリーは少し思案し、声をひそめてきいた。

「ゲイなの？」

ロブはまた笑った。「違うよ」

ようやくキャリーはうなずいた。「いいわ、ではおごってちょうだい」

「なにがいい？」

「あなたと同じものを」

ロブはスツールから下りた。この混雑では、自分で飲み物をとってきたほうが早い。「すぐに戻る」そうキャリーに言い、彼はバーコーナーに向かった。

客をかき分けて進み、バーテンダーから飲み物を受けとるまで十分ほどかかった。テーブルへ戻ったロブは、キャリーがまだ座って待っていてくれたことを喜び、カウントダウンのボールドロップをひとりで見ないですむことに感謝した。もしかしたら、キャリーと新年のキスもできるかもしれない。彼女が赤の他人とはキスしない主義なら、頬に軽くキスするだけでもいい。

「待たせてすまなかった」キャリーの前に飲み物のグラスを置いて、ロブはスツールに座った。

「帰ったのかと思いはじめていたわ」キャリーが言った。

「ぼくも、きみがまだ待ってくれているかどうか疑っていた」

「わたしは目が不自由でも、間抜けでもないもの」

にっこり笑ったキャリーに、ロブは激しく惹《ひ》かれ、彼女の手を握りたい衝動に駆られた。

「住まいはこの近くなの？」キャリーがたずねた。

「リンカーンパークだ」

「ここからは遠いのかしら？」

「そう遠くないよ。きみはシカゴ出身じゃないんだね」

キャリーはうなずいた。「生まれも育ちも西海岸よ。ここには仕事で来て、ホテルに泊まっているの」

「地元で誰か待っているんだろう」

「最近は誰もいないわ」

「西海岸の男たちは目が不自由なのか、あるいは間抜けなのかな？」

キャリーが笑い、ロブはまたひどく彼女に惹かれるのを感じた。だが、触れたいのは彼女の手ではなかった。体の中心がうずき、新年のキスが待ち遠しくなってきた。

「仕事を持って自立している女性には、たいていの男性が及び腰になるものよ」キャリーが言った。

カロゼッリ家にも自立している女性は多いので、

ロブが及び腰になることはなかった。むしろ、キャリーをくどいて抱きしめたいほどだ。

「それに、わたしにはちょっと問題があるの」キャリーは飲み物を飲んだ。「相手に合わせるのが苦手なのよ。惹かれる男性がいなかったわけではないの。でもこの人とは合わないと思うと、関係をつづける気になれなくなって……」

「また別な男とつきあえばいいだろう」

キャリーは首を振った。「問題がどこかはわかっていても、折りあいをつけるのは容易ではないわ」

キャリーはどうやら、誠実な女性らしい。ロブがいままでに出会った女性は、自分の長所を強調するのには熱心だが、欠点は語らなかった。

「最後に真剣なつきあいをしたのはいつだい？」ロブはたずねた。

「真剣なつきあいなんて、一度もしたことがないわ」

ロブは目をみはった。「嘘《うそ》だろう？　きみは何歳なんだ？　二十四くらいかい？」

キャリーは笑った。「若く見られて喜ぶべきかしら。二十八歳よ」

「本当に？」ロブは信じられなかった。キャリーが二十八歳ということではなく、彼女のような女性にめぐりあったということが。

キャリーは完璧な女性に見えた。誠実でユーモアのセンスがあり、エレガントで、セクシーなのに男にむやみに媚《こ》びることもない。

「あなたはどう？　いままで真剣なつきあいをしたことがあるの？」キャリーがきいた。

「婚約したこともあるが、かなり昔だ――大学時代さ」

「なにがあったの？」

「よく言われるように、〝お互いに求めるものが違っていた〟ということかな」

「あなたが求めたものはなに?」

ロブは肩をすくめた。「結婚とか子供とか、ごくふつうのものだ」

「それで、彼女はなにを?」

「ぼくのルームメイト、エバンさ」

キャリーはたじろいだ。「なんてこと」

「結婚する前に彼女の本性がわかってよかったよ。それからぼくは仕事に打ちこんでいる」

「つまり、いまは仕事と結婚しているのね」

「仕事中毒だと言われるよ」

キャリーはうなずいた。「わたしも一日十四時間働くのは珍しくないから、よくわかるわ」

こんな女性に会ったのは初めてだ。ロブはキャリーがシカゴにどれくらい滞在するのか気になってきた。

それからロブは真剣にキャリーをくどいた。お互いに飲み物をおかわりし、キャリーが三杯目のグラスを手にしたときには十二時近くになっていた。あと一分で今年が終わるというところでバーのBGMが止まり、ボールドロップを見るために全員の目が大画面テレビに向けられた。

「それで」キャリーがちらりとロブを見た。「お互いにキスする相手もいないことだし……」

「〝アメリカ人が新年の始まりにキスをしないなんて、ありえない〟とぼくは言われたよ」ロブは言った。

「そういうことなら、選択の余地はなさそうね」

ロブはにっこりほほえみ、片手を伸ばしてキャリーの頬に触れた。テレビでボールドロップを見るべきだったが、キャリーの顔から目をそらすことができなかった。彼女の肌はなめらかで、瞳はどこまでもすきとおったグレーだ。唇はふっくらとやわらかそうで、いますぐにでもキスしたくなる。

一時間前には新年の到来が憂鬱でたまらなかった

が、いまは最後の三十秒が待ちきれなかった。バーを埋めた客たちがカウントダウンを始めた。だがロブとキャリーは互いに見つめあい、唇に互いの息がかかるほど顔を近づけて、そのときを待っていた。

五、四、三、二……。

あと一秒というところで我慢が限界に達し、ロブはキャリーの唇に自分の唇を重ねた。乾杯の声もにぎやかな巻笛の音も、《蛍の光》の合唱も意識から遠ざかり、消えていく。

シルクのようなキャリーの髪に指を差し入れると、彼女は唇を開いて吐息をもらした。キャリーの唇は想像した以上にやわらかく、キスは甘くて、どんな飲み物よりもロブを酔わせた。

キャリーがほしかった。たとえ一夜かぎりであっても。

どのくらいの時間、キスをしていたのかわからない。ようやく唇が離れたときにはふたりとも息を切らし、キャリーの頬は真っ赤に染まっていた。

「はしたないと思われてしまいそうだけれど」キャリーが言った。「わたしの部屋に来ない？」

それこそロブの望むことだった。「きみが本気で言っているのなら」

キャリーはほほえみ、ロブの手をとった。「もちろん本気よ。さあ、威勢よく新年を始めましょう」

ロブはにっこり笑い、キャリーの手を握りしめた。

「行こう」

2

新年は〝威勢よく〟始まった。シカゴの雪どけ道の渋滞に連なるタクシーのなかで、キャロライン・テイラー――キャリーはそう考えた。

あれから二日たったいまも、激しい営みでベッドのヘッドボードにぶつけた肌にはあざが残っている。あの男性――ロンの体は、服を着ているときと同様に脱いでもすばらしかった。そして情熱を交わす行為に貪欲で、奪うのと同じだけ与えてくれた。彼のような男性に会ったのは初めてだ。

だが彼は、電話番号すら教えずに姿を消した。キャリーはシカゴに来てたった二日のうちに、見知らぬ男性を自分の部屋に招き、セックスし、捨てられたのだった。

でも、彼を責めることはできない。あの場では、お互いに一夜かぎりのことだという暗黙の了解があったのはたしかだ。

「着きましたよ」運転手の言葉とともに、タクシーが〈カロゼッリ・チョコレート〉本社ビルの前に止まった。

キャリーは運転手に代金を払い、ブリーフケースをつかんだ。タクシーから降り、ビルの玄関へ向かう。湿り気を帯びた冷気がコートの裾から忍びこんでくる。雪がとけた歩道で、パンプスのヒールが音をたてる。

コンサルティングの契約が正式に結ばれてスケジュールが決定ししだい、仕事のあいだ住む場所を見つけようと思いながら、キャリーは大きなガラスドアを押して建物に入った。広々としたロビーを進み、会議のために来たことを警備員に告げて、指示されたエレベーターに乗りこんだ。コートを脱いで腕にかけ、背筋を伸ばして頭を上げる。防犯カメラに写るのはもちろんだが、仕事をするうえで第一印象は重要だからだ。彼女の実績には非の打ちどころがないものの、外見が若く見えるせいもあって、能力を疑われることもある。とくに年輩の男性の目は厳しい。〈カロゼッリ・チョコレート〉は家族経営だから、何世代もの人々に会って働くことになるだろう。

三階でドアが開くと、キャリーはエレベーターを降りて受付に向かった。受付係らしい女性の横に、みごとな仕立てのスーツに身を包んだ男性が立っている。年輩で威厳のある雰囲気から、〈カロゼッリ・チョコレート〉の役員のひとりだと推測し、キャリーは緊張をおぼえた。

ここ数年、西海岸以外の企業からいくつか仕事のオファーを受けてはいたが、条件や時期の折りあいがつかず、すべて断っていた。だが〈カロゼッリ・チョコレート〉は格式のある大企業だったし、条件もよく、ちょうど時間的な余裕もあったので承諾した。仕事を依頼されていたロサンゼルスの会社が倒産してしまい、スケジュールがあいていたのだ。

「ようこそ、ミズ・テイラー」男性が前に出て挨拶した。「デミトリオ・カロゼッリだ」

「お会いできて光栄です」キャリーはCEO本人に迎えられたことに驚きつつ握手をした。

「コートをおあずかりしましょう」受付係が言った。

キャリーが礼を述べてコートを渡すと、デミトリオが話しかけてきた。

「出席者はほぼ集まっている。どうぞ会議室へ」

デミトリオに導かれて、キャリーは廊下を歩きだした。

「きみのことはなんと呼べばいいかな？　キャロライン？　それともミズ・テイラー？」

「キャロラインか、キャリーでお願いします」

「では、キャロライン」デミトリオはほほえんだ。

「来ていただいて感謝する」

「こちらこそ、お招きいただき光栄です」

「シカゴは初めてかな?」

「ええ。じつに美しい街ですね。雪には慣れるまで時間がかかりそうですが」廊下は静かで、部屋の大半には照明がついていなかった。キャリーはたずねた。「こちらの会社はいつもこんなに静かなのですか?」

「一般の社員は来週の月曜日まで休暇中なんだ。わが社にとってホリデーシーズンは繁忙期なので、休暇は年明けにずらしてとるんだよ」

デミトリオが廊下の突きあたりの〝会議室〟と書かれたドアを開けた。キャリーは息をつめ、なかに足を踏み入れた。

正面は床から天井までの窓に覆われ、その前に若い女性が立っていた。思わず目を奪われるほど美しく、企業の会議室よりファッションショーのステージのほうが似合いそうだ。部屋には大理石張りの大きなテーブルが据えられ、年輩の男性ふたりと、その向かいに若い男性がふたりついている。

四人の男性はそれぞれセクシーで魅力的だった。カロゼッリ家の人々はみな長身で、人を惹《ひ》きつける黒い目と髪の持ち主らしい。

若い男性のどちらかがロバート・カロゼッリなのだろうと、キャリーは考えた。自分が呼ばれたのは、その男性の部署に問題があるからだと承知していた。経験から言えば、このような状況で仕事をするのは難しい。とくに、責任者がプライドの高い男性の場合は、仕事を妨害される可能性もある。

「キャロライン」デミトリオが呼びかけた。「これが弟で、わが社の最高財務責任者《CFO》のレオ、同じく弟で最高執行責任者《COO》のトニーだ」

年輩の男性ふたりが立ちあがり、キャリーに手を差しだした。

「はじめまして」キャリーはふたりと順に握手をした。

トニーはレオとデミトリオより少し身長が低いが、三人の兄弟はそれぞれ年齢と立場にふさわしい風格を備えていた。

「それから姪《めい》のエレーナ。経理部門を率いている」

デミトリオが紹介すると、窓の前にいたエレーナがゆっくり歩いてきてキャリーと握手した。態度は洗練されていてビジネスライクだが、黒い瞳にはあたたかな輝きがある。聡明《そうめい》な女性だと、キャリーは直感した。

次に、デミトリオは若い男性にキャリーを引きあわせた。「こちらが甥《おい》のニック。新製品の開発プロジェクトにおいては、いつも天才的な手腕を発揮してくれる」

左側にいるニックが立ちあがり、手を差しだした。輝く黒い瞳、にこやかな笑みは危険なほど魅力的だ。この男性なら、握手だけで女性を虜《とりこ》にできるだろう。だが左手には結婚指輪があるので、キャリーにとって脅威にはなりえなかった。

「そして忘れてはならないのが……」

デミトリオの言葉に、キャリーは気持ちを引きしめた。これからロバートに紹介されるのに違いない。

「こちらのトニー・ジュニアだ。海外での生産販売を担当している」

キャリーは拍子抜けした。ロバートはどうなっているのだろう？

トニー・ジュニアはかなりの長身で、十センチのヒールをはいているキャリーでも、目を合わせるには首を伸ばさなければならなかった。

「どうぞ、座って」デミトリオがニックの横のあいている椅子を身振りで示した。「ひとり遅れているので、来たら始めよう」

キャリーが席についたとたん、背後でドアが開く音が聞こえ、深みのある声が響いた。

「遅れてすみません。今日は秘書がまだ休みなので、来る途中で書類を彼女から受けとる必要がありました」

この声には聞きおぼえがある。キャリーのうなじの毛が逆立った。

まさか、そんなはずは――あの男性のはずはない。テーブルに近づいてくる男性を、キャリーは目の端で盗み見た。男性の視線は手にしたフォルダーに落とされている。彼の顔は……。

キャリーはあわてて視線をそらした。心臓が激しく打っている。男性もトニー・ジュニアやニックのように魅力的な黒い瞳の持ち主で、がっしりした顎やセクシーな唇は、大みそかの夜に出会った男性に恐ろしく似ていた。でも、きっと見間違いだ。

「失礼」男性がつぶやき、キャリーの前に書類を置いた。アフターシェーブローションの香りが漂ってきて、キャリーの胸の鼓動はさらに速まった。

まさか、彼なの？

他人の空似よ。キャリーは自らにそう言い聞かせた。顔も、声も、まとっている香りもただ似ているだけ。偶然の一致なのよ。

キャリーは、仕事仲間とベッドをともにしないという絶対的なルールを自分に課していた。以前、重要なクライアントとの仕事の際に間違いをおかしたことがあり、相手との交際もビジネスも悲惨な結果になった。同じ失敗は二度と繰り返さない。

仕事の相手に好かれる必要はないが、尊敬を維持することは重要だ。キャリーはあの晩の自分と彼とのふるまいを思い起こし、恥ずかしさのあまりテーブルの下に隠れたくなった。

しかし、もちろんそんなことはできず、キャリーは彼がテーブルをまわって出席者に書類を配るあいだうつむいていた。もし彼が大みそかに会った男性だったとしても、あの晩はお互いにひどく酔っていたので、キャリーには気づかない可能性もある。

「ロブ」デミトリオが言った。「こちらはキャロライン・テイラー。キャロライン、マーケティング部門の責任者を務める息子のロブだ」

キャロラインは男性と視線を合わせるために顔を上げざるをえなくなった。そして目が合った瞬間、めまいに襲われた。

そっくりな双子の兄弟がいるのでなければ、彼こそ新年をともに〝威勢よく〟迎えた男性だった。

目の前にいる女性を見つめて、ロブはまばたきをした。魅惑的な肢体をビジネススーツで隠し、ブロンドを古めかしいスタイルに結っているのでわからなかったが、大きなグレーの瞳を見れば正体は明らかだ。

女性はじっと座ったまま、彼を見つめている。

ロブがまず思ったのは、これはなにかの悪ふざけに違いない、ということだった。きっとニックとトニーが仕組んだのだ。一夜をともにしたブロンド美人のことを、ロブは先日、自慢げにいとこたちに話していた。いとこたちはロブをからかうために、ホテルで彼女を捜して金を払い、キャロライン・テイラーのふりをさせているのかもしれない。

ロブは視線をニックとトニーへ向け、ふたりが種明かしをしてテーブルの全員が笑いだすのを待った。だがふたりはただロブを見つめ返すだけだった。

「ロブ?」父親がいぶかしげな顔をした。「大丈夫か?」

「はい」ロブは気をとりなおし、ぎこちない笑みを女性に向けた。「お会いできて光栄です」

本当は、光栄に思っているわけではなかった。眠っているキャリーを残してベッドから下りたとき、ふたたび彼女に会う日がくるとは想像もしていなかった。

キャリーはうなずいた。だが肩には力が入りすぎ、背はそりすぎている。

「では始めるとしよう」

デミトリオの言葉に促され、一同は書類に目を落とした。

契約についての条件や、キャロライン・テイラーの実績、彼女の提出した予定表について討論がなされたが、ロブはまったく集中できなかった。ふと気づくと視線はテーブルの向こうにいる女性のほうへ引き寄せられていた。

彼女の外見が控えめなのは、ビジネスをスムーズに進めるためだろう。ときとして、美しい女性は実力を相応に認められず、飾り物のように扱われることがある。だがロブは、彼女が色気のないスーツの下に隠しているものを知っていた。めりはりのある魅惑的な体や、シルクのようになめらかな肌を。

あの夜の記憶はすべてが鮮明なわけではない。けれども、彼女の姿を頭から消し去ることはできなかった。つややかなブロンドが滝のように背を流れるさまも、ロブにまたがって胸を愛撫《あいぶ》する様子も。抱きしめると、彼女はかすかなうめき声をあげて……。

「ロブ？」

父親に呼びかけられ、ロブはわれに返った。「はい」

「話はひととおりすんだ。われわれが話しあうあいだ、キャロラインにビルのなかを案内してはどうかな？　終わったら電話する」

つまり、自分がいないあいだに父親と幹部たちは契約についての最終決定を下すわけだ。この場から締めだされるのは、ロブだけでなく、彼が率いているチーム全体にとって屈辱だった。

だが、キャリーと数分のあいだふたりきりになるのは、さほど悪くないかもしれない。きみの助けなどいらないとキャリーに告げ、納得してもらうのだ。彼女はカリフォルニアに帰り、ぼくの悩みは消える。

ほほえみながら、ロブは立ちあがった。今度は心からの笑みだった。「ではついてきてください、ミズ・テイラー」

キャリーは背筋を伸ばし、肩を後ろに引いて立ちあがった。そして勝利を確信しているかのように、自信に満ちた笑みを幹部たちに向けた。「よい返事をお待ちしています」

廊下に出たロブは、キャリーが出てくるとドアを閉め、彼女に向き直った。「ぼくたちは話す必要がある」低い声で言った。

キャリーは彼をにらんだ。「あなたの考えはよくわかったわ、〝ロン〟」

どうやらキャリーは怒っているらしい。ロブは身振りで廊下を示した。「この先にぼくのオフィスがある」

空席の秘書の机を過ぎてオフィスに入ると、ロブはドアを閉めた。

「きみが腹をたてているのはわかるよ」

「ええ、腹をたてているわ。偽名を使われたうえに、夜のうちにこっそり出ていかれたんだもの」

キャリーが怒っている理由がそれだけなら、ロブにとっては幸運だった。「まず、ぼくは偽名を使ってはいない。ロブと名乗ったが、きみがロンと聞き間違えたんだ」

「だとしても、訂正することはできたでしょう。それにわたしはキャリー・テイラーと名乗ったのよ。会社に招かれているマーケティングコンサルタントだと気づかなかったなんて、考えられないわ」

「あのバーはひどく騒がしかった。それできみの姓が聞こえなかったんだ」ロブは弁解した。「仕事についてては話さなかったから、きみが誰かなんてわか

「どうして？」キャリーは挑戦的に顎を上げた。

「ぼくの父やおじたちがなんと言おうと、ぼくにもぼくの部下たちにも、きみの助言は必要ないからだ。それに状況を考えても、きみがここで働くのが適切とは思えない」

「状況ですって？」

ロブは彼女をにらんだ。「きみはあの夜のことにひどくこだわっているだろう」

腕組みをといて、キャリーは首を振った。「見くびらないで。あなたがタフガイ気取りのろくでなしだとわかったからといって、ビジネスに私情を持ちこむようなことはしないわ」

ロブはいままで無愛想だとか傲慢だとか言われたことはあるが、タフガイ気取りのろくでなしと言われたのは初めてだった。「本当に、個人的な感情を交えずに仕事ができるんだな？」

キャリーはロブの目を見つめた。「ええ」

「本題に入ろう。はっきり言うが、きみはここでの仕事を辞退するほうがいいと思う」

るはずがない」

キャリーは腕組みをした。「夜のうちにこっそり出ていったのはどう弁解するの？」

「あれは夜のうちではなく明け方だった。きみはぐっすり眠っていて、ちょっと揺すっても起きなかった。だからそのままにしておいたんだ」

「せめてメモを残すくらいの気づかいはなかったの？」

ロブはため息をついた。「お互いに一夜かぎりのことだとわかっていたはずだ。そうだろう？」

キャリーは目をぐるりとまわした。「さようならも言わずに別れるとは想像していなかったわ」

「ぼくたちに言葉は必要ないと思うが。あの夜の行動がすべてだ」すばらしい夜だったことは、キャリーも否定できないだろう。ロブは彼女を見つめた。

次の瞬間、キャリーを抱きしめてキスをしたことに、ロブは自分でも驚きをおぼえた。ふだんの彼は冷静で、行動する前に状況やメリット、デメリットを充分に考えるタイプなのだ。

キャリーが間違っていることを証明するためだ。ロブはそう思おうとしたが、ただ乱暴に唇を奪いたいがための言い訳かもしれなかった。

重なった唇の下でキャリーが怒ったようにうめき、ロブの胸を押した。しかし、抵抗はわずか数秒で終わった。キャリーは彼のジャケットの襟をつかみ、唇を開いた。

これ以上進むべきではないと、ロブはわかっていた。でも、できなかった。思考回路は停止し、夢中でキャリーの口に舌を差し入れてキスを深めた。キャリーの両手がロブの胸を這《は》いあがり、首筋を撫《な》で、髪をすいて彼の頭を引き寄せる。

低いうめき声をあげながら、ロブはキャリーをオフィスのドアに押しつけた。

「ここであなたがほしい。いま、ドアにもたれたままで」唇を離して、キャリーが言った。目をロブに据えたまま片手で彼の胸を撫でおろし、スラックスの上から情熱のあかしに触れた。

ロブは息をのみ、片手をキャリーのスカートの裾から忍びこませた。彼女の腿を撫でると、ガーターをつけているのがわかった。腿のつけ根に手を這わせ、ショーツの上から秘められた場所を愛撫していたとき、彼のポケットで携帯電話が鳴った。

まったく、なんというタイミングだ！

「はい」

ロブが応じると、父親が言った。「準備ができた」

「すぐに戻ります」息が荒いのを悟られないよう、ロブは挨拶もせず電話を切り、キャリーを見た。

「準備ができたそうだ」

キャリーはうなずいた。頬は赤く染まり、目は潤んでいる。「少し待って」

携帯電話をポケットに戻し、ロブは服を整えた。

「キャリー、ぼくが言いたいのは――」

「言わなくていいわ。わたしが少し……はめをはずしてしまったのはたしかよ」キャリーはジャケットの裾を引っ張り、スカートのしわを伸ばした。

「少なくとも、ぼくを止めようとしているようには見えなかったな」

キャリーは彼を見あげた。「あなたはどうなの？いつも女性とこんなふうに楽しんでいるの？」

「いつもではないよ」実際は、オフィスで女性を奪いたくなったのは初めてだ。キャリーとは相性がいい。しかし、真剣なつきあいをするにはリスクが大きすぎた。妻となり、後継ぎを産む女性としてキャリーがふさわしいとは思えない。それにいまのところ、キャリーは敵とも言える存在だ。「ぼくの言いたいことはわかってもらえただろう？」

「ええ、よくわかったわ」

「じゃあ会議室に戻ろう」

居心地の悪い沈黙のなか、ふたりは並んで廊下を歩いた。話すことはもうなかった。キャリーはカリフォルニアに帰り、ロブと彼の部下たちは前にたてた計画にそって販売を強化する。そしてロブは後継ぎを産んでくれる女性を見つけて幸せになるのだ。

ふたりが会議室に入って席につくと、デミトリオがキャリーに言った。

「待たせてすまなかった」

「充分に検討していただいたと理解しています」

ロブはキャリーの次の言葉を待った。この仕事は受けられないと、彼女が言うのを。だがキャリーはただ座っている。

レオがうなずいた。「検討の結果、われわれはあなたの条件をすべて受け入れることにした。来週の月曜日から着手してもらいたい」

ロブはまだ待っていた。ここでキャリーが断り、みんなが落胆するのを。

「承知しました」キャリーはほほえみ、まっすぐにロブを見つめた。「ご期待にそえるよう、精いっぱい努めます」

キャリーに引く気はないのだ。これが彼女の望みなら、受けてたつしかなかった。

3

契約の署名がすむと、会議室の全員がキャリーと握手し、口々に契約締結の祝いと歓迎の言葉を述べた。その後、ロブの父親とおじたちにつづいてニックとトニーも出ていった。だがエレーナはまだキャリーと話しており、ロブは待ちきれなくなった。

「ミズ・テイラーと少し話したいんだが」彼は率直にいとこに言った。

エレーナは意味ありげな笑みを浮かべた。「もちろんよ、ロビー。それじゃ月曜日にね、キャリー」

ロブを子供時代の愛称で呼べば簡単にいらだたせることができると、エレーナは知っていた。

いとこが出ていってドアが閉まると、ロブはブリーフケースに書類をしまっているキャリーに向きなおった。

キャリーが手を止め、ほほえんだ。「なにか言いたいことがあるようね、〝ロビー〟?」

ロブは心のなかで悪態をついた。エレーナにはあとで仕返しをしてやらなければ。「なぜ嘘《うそ》をついたんだ?」

なんのことかわからないというように、キャリーは首をかしげた。「いつわたしが嘘をついたの?」

「ぼくが言いたいことはわかったと言っただろう。ぼくたちが一緒に働くのはまずいと、きみも理解しているはずだ」

キャリーは首をすくめた。「あなたの言いたいことはわかったけれど、同意はしていないわ。あなたが正しいとは思っていないもの」

「つまり、ぼくをだましたんだな」

「だましたつもりはない。あなたも偽名を使ったけれど、わたしをだますつもりはなかったんでしょう?」

ロブはなにも言い返せなかった。「月曜日に会おう」

キャリーは明るい笑みを浮かべた。「楽しみにしているわ。ところで、手はじめに過去のマーケティングデータを分析する必要があるの。過去二十年分のすべてのデータが必要よ。手配してもらえる?」

ロブはまばたきした。「二十年分だって?」

「ええ」

「すべてを集めるには時間がかかると思う。わが社は過去の書類を電子化している途中なんだ。資料の一部はまだ紙のままだ」

「それでもけっこうよ。月曜日の朝までに用意してちょうだい」

「無理だ。スタッフは全員、休暇中だからね」

「そう」キャリーの甘いほほえみは少しも崩れなか

った。「あなた自身が用意するという手もあると思うわ。あなたには別なお願いもあるの。わたしがスタッフに質問があるときは、いつでも自由にたずねられるよう協力してもらいたいのよ」

ロブは奥歯を噛《か》みしめてうなずき、ドアへ向かおうとした。

「ねえ、ロビー?」

顎をこわばらせて、ロブはキャリーに向きなおった。

「わたしは敵ではないのよ。会社をいい方向に導きたい気持ちはあなたと同じだわ。仕事を始めれば、いい仲間になると理解してもらえると思う」

「それはわかっているよ」

たとえキャリーがロブを幼いころの愛称で呼んでいやがらせをしたとしても、ロブは最大級の敬意をもって彼女に接するだろう。なぜなら、キャリーはそれに値する人物だと思うからだ。だが、それと協力することとはまったく別の問題だった。

ロブは自分のオフィスに戻って机につき、パソコンの電源を入れた。キャリーの望みに応えるべく、指示のメールをスタッフや秘書に送る作業にかかる。

やがてドアをノックする音がして、トニーとニックが顔をのぞかせた。

「やあ」ロブは身振りで入るよう促した。

「いったいどういうことなんだ?」机の前に来たトニーが、ロブにたずねた。

「キャロラインとふたりで会議室を出ていたとき、彼女となにかあったんだろう?」ニックがたたみかけた。

ロブはため息をついた。「ぼくが話した女性のことをおぼえているか? 大みそかに、ホテルのバーで会ったブロンド美人だが」

トニーがうなずく。「彼女がどうしたんだ?」

ニックはすぐにぴんときたようで、大声で笑いだした。「幸運は不運の始まりってわけか」

「笑いごとじゃないぞ」ロブは顔をしかめた。

トニーがニックからロブに視線を移し、納得して噴きだした。「おまえが自慢していたバーのキャリーは、キャロライン・テイラーだったのか！」

ロブはふたりをにらんだ。「喜んでもらえてうれしいよ」

「傑作だな！」

ふたりはまだ笑っている。ロブも、これが自分の身に降りかかったことでなければ笑っていただろう。

「それで、どうするつもりなんだ？」ようやく笑いをおさめて、トニーがたずねた。

「ぼくになにができる？」ロブはうなった。「手を引くよう彼女に言ったが、結果はきみたちも知っているとおりだ」

「わが社が支払う金額を思えば、キャリーが手を引かないのも道理だ」

「会社に無駄な出費をさせないために、ぼくは手をつくすつもりだ」ロブは強い口調で言った。

賛成できないというように、トニーは首を振った。「キャリーをないがしろにしたら、デミトリオおじさんが黙ってはいないぞ」

「父に見つからなければ大丈夫さ」

「だが、キャリーだってそう簡単には引きさがらないだろう」ニックが言った。

「一夜かぎりの情事のためにバーで男を捜していたなんて噂《うわさ》がたてば、彼女の信用は地に落ちる」

「それはちょっと残酷じゃないか？」ニックが顔をしかめた。

キャリーが汚い手を使うなら、ロブもそうするまでだった。「彼女がぼくやぼくのチームの評判をおとしめようとするのは間違いない。きみたちもそう思うだろう？」

ニックは首を振った。「キャリーは有能で経験も豊富だ。悪意があるようにはとても見えなかった」

会議室でキャリーと話しただけのニックには、そう感じられるのももっともだった。だがキャリーはひと筋縄ではいかない女性だという確信が、ロブにはあった。

「ところで」トニーが言った。「ぼくとニックはこれからレストランに行って、遅い朝食をとるつもりなんだ。一緒にどうだい？」

「朝食か、いいね」ロブが立ちあがったとき、机に置いてあった携帯電話が鳴った。表示を見ると、妹からだった。ロブはトニーを見た。「メガンからだ。少し待っていてくれ。ロビーで会おう」

オフィスを出るいとこたちを見送りながら、ロブは電話に出た。

「兄さん」メガンの明るい声が響いてきた。「いま不動産業者から電話がきたの。アパートメントが決まったわ！」

「それはおめでとう」

ロブの妹はこの数カ月、条件の合うアパートメントを捜していた。いくつか候補はあったものの、賃貸料金の折りあいがつかずに苦労していた。

「それで、今度の部屋は予算内なのかい？」

「ええ。じつはふたりでシェアすることにしたのよ。ローズ・ゴールドウィンを知っているでしょう？」

興奮した声で、メガンが言った。

ローズは最近〈カロゼッリ・チョコレート〉に雇われ、古い書類を電子化する作業に携わっている。

「もちろん」

「彼女がルームメイトになるのよ」

ロブは驚いた。「おまえより二十も年上だろう」

「だからなんだというの？」

「赤の他人と暮らすのは心配だ」

「わたしは二十五になるのよ」あきれたような声で、メガンは返した。「心配してくれるのはうれしいけれど、それはもう兄さんの仕事じゃないわ」

ロブは顔をしかめた。妹を守るのは、いつもロブの仕事だった。両親が幼いメガンを養女として迎えたとき以来、ふたりは仲のいいきょうだいだった。メガンの容姿はほかの家族とは似ていないが、ロブはそのことで妹をからかうような連中には断固とした対応をしてきた。

しかし、妹の言うことももっともだ。「わかった。だがローズについては少し身元調査をさせてほしい。万一に備えて」

「いいわ、それで兄さんの気がすむなら」

通話を切ったとき、廊下から乱暴にドアが閉まる音が聞こえ、男たちの興奮した声が響いてきた。ひとりは紛れもなく彼の父親、デミトリオのものだ。

ロブは急いで廊下に出た。会議室の手前で、デミトリオとトニー・シニアが言い争っている。

「いままで選択の余地がなかったんだ」

デミトリオの言葉に、トニー・シニアは顔をゆがめた。「選択はしただろう。彼女を置き去りにするという選択を」

デミトリオは顔を紅潮させて、弟の肩を両手で突いた。トニー・シニアはよろめき、会議室のドアのほうへあとずさった。

ロブは目をみはった。父親とおじが議論するのは珍しくないが、暴力沙汰は見たことがなかった。トニー・シニアは筋肉質のみごとな体の持ち主だが、デミトリオも長身で、軍隊で訓練を受けた経験もあり、弟に負けてはいない。

そのとき、ロブの後ろからいとこのトニーの声が響いた。「いったいどうしたんですか？」

トニーがロブのわきを抜け、年輩の男たちのほうへ走った。それにニックがつづき、ロブもあとを追いかけた。

デミトリオとトニー・シニアは興奮した様子で顔

をこわばらせている。デミトリオがトニー・シニアをにらんだ。「彼に教えてやったらどうだ、トニー」

トニー・シニアは息子と甥《おい》たちに顔を向けた。「これはわたしと兄とのことなんだ」

「心配はいらないよ、みんな」後ろからニックの父親、レオの声がした。

振り向いたロブたちを見て、レオは笑いながら歩いてきた。

「喧嘩《けんか》の仲裁には慣れているんだ。三人兄弟の真ん中は苦労が多くてね」レオは巧みに兄と弟のあいだに体を入れ、双方の背中をたたいた。「さあ、わたしのオフィスで話そう」そしてロブといとこたちに言った。「もう行っていい。わたしにまかせて」

三人は不満をおぼえつつもエレベーターに向かった。

「あれはなんだったんだ？」トニーがロブにたずねた。

「わからない」ロブは首を振った。「だが、少し前からふたりの様子がおかしかったのはたしかだ」

「とりあえず朝食をとろう」トニーが言った。

三人は無言のままエレベーターに乗りこみ、ロビーに降りた。建物を出ると冷たい風が吹きつけてきて、彼らは肩を縮めて数ブロック先のレストランに向かった。歩道はとけた雪ですべりやすく、ゆっくり歩いてレストランに着いたときには、店内はすでにランチの客でいっぱいだった。

「待つ気はあるかい？」行列を眺めながら、トニーがたずねた。

ロブは肩をすくめた。「少しなら」

「待つよ」ニックが言った。「外は寒すぎる」

そのとき、女性の声が呼びかけてきた。「あら、カロゼッリ家のみなさん！」

声の主に気づくと、ロブは小声で悪態をついた。

4

「あれがきみのキャリーなんだな?」ニックがきいた。

「ああ」ロブはうなるように答えた。

店の窓に面したボックス席で、キャリーが手を振っていた。ジャケットは脱いでおり、体にぴったりしたデザインのピンクのシャツが豊かな胸を強調している。髪は下ろされ、やわらかなウエーブが肩で揺れる。

トニーが口をぽかんと開けた。「まいったな。きみが自慢したのも道理だ」

「ああ。みごとな眺めだ」ニックがうなずいた。

そのとおりだった。意思に反して、ロブの目はキャリーに釘《くぎ》づけになってしまった。なにも着ていない彼女は女神のように美しいが、服を着た彼女もすばらしい。

「彼女は相席したがっているようだ」ニックが言った。

「ぼくは待っているほうがいい」ロブは抵抗した。キャリーのせいで、彼の一日はすでにさんざんだった。

「子供みたいなことを言うなよ。行こう」トニーがロブの背中を押した。「これから仕事でかかわるんだから、彼女のそばにいることに慣れないと」

仕事以外でかかわりたくはないんだと、ロブは心のなかでつぶやいた。しかし、いま立ち去ればキャリーに負けたことになる。いままで十年のあいだ毎週利用してきたレストランから逃げだすのはいやだった。

三人が近づいていくと、キャリーがにっこりほほえんだ。「いま列に並ぶと待つのは確実だから、相席でもかまわなければと思って誘ってみたの。わたしは二十分待ったのよ」

「喜んで同席させてもらうよ」ニックが言い、トニーとともに彼女の向かいのシートに座った。

残されたロブはキャリーの隣に座るしかなかった。ベンチシートで、キャリーのブリーフケースが窓側に置いてあるため、ふたりのあいだにはほとんどスペースがない。身動きするとお互いの肩や腕が触れてしまう。

今日はさんざんな日から最悪な日になりつつあった。

あの夜のことがロブの記憶によみがえり、体がうずいてくる。彼女の香水か、あるいはシャンプーかなにかの香りに刺激されて、体が触れあうたびに欲求が高まってくる。

「なんだか落ち着かないわね」キャリーがちらりとロブを見た。

幸い、答えを返さないうちにウエイトレスが来て、ロブといとこたちはメニューを見ることもなくいつもの朝食を注文した。キャリーはメニューを眺めてスペシャルを頼んだが、彼女くらいの体格の女性には量が多いだろうとロブは考えた。

「あなた方はここによく来るらしいわね」コーヒークリームの容器をとろうと、キャリーがテーブルに手を伸ばしたとき、ロブと肩が触れあった。

「このあたりでは人気の店なんだ」トニーが言った。

「きみはなぜここに？」

「会社を出るときに、おいしいレストランを教えてほしいと警備員に頼んだら、ここを勧められたの」

「それで、シカゴはどうだい？」ニックがきいた。

「とても寒いわ。それに風が強いわね」

「だから風の街と呼ばれているんだよ」トニーが笑った。

「西海岸に戻る日が待ち遠しくなるだろうね」ロブが口をはさむと、キャリーが横目で視線を送ってきた。〝それはあなたの願望でしょう〟とでも言いたげに。

「ここが気に入ると思うわ」キャリーは言った。

「もう少しあたたかくなるころにはね」

「住む場所は決めたのかい？」ニックがたずねた。

「まだよ。アパートメントを借りるつもりでいるんだけれど」

「どんな部屋が希望なんだい？」

「ベッドルームがふた部屋あって、家具つきで、フィットネスジムかプールが手軽に利用できる環境があれば最高ね。毎朝泳ぐのが好きなの」

「思いあたる物件がある」ニックがほほえんだ。

「じつは、妻のテリーが結婚前に住んでいたタウンハウスなんだ。賃貸するつもりだったんだが、悪質な借り手の話をさんざん聞かされたせいでためらっていてね。きみの望む条件は満たしているし、プールつきのフィットネスジムが数ブロック先にあって、会社からもそう遠くない」

それにロブの住むペントハウスからも遠くないが、ニックには関係ないらしかった。

「すてき！　ぜひ見せていただきたいわ」キャリーがにっこりした。「家賃は前金で三カ月分払うつもりよ」

「よかった。じゃあ妻に話して、きみに電話するよう伝えるよ」

ニックと電話番号を交換するキャリーを見て、ロブはますますいらだった。彼女は誰にでもいい顔をする必要があるのだろうか？

ウエイトレスが料理をテーブルに置いて去った。

「あなた方はどこに住んでいるの？」キャリーがたずねた。

テーブルの下でキャリーの脚がロブの脚に触れた。

偶然だろうとロブは思ったが、次の瞬間、靴を脱いだキャリーの足が彼のくるぶしに触れ、愛撫《あいぶ》するようにこすりつけられた。

ぼくを誘っているのだろうか？

ロブは横目でキャリーを見たが、彼女の顔は正面に向けられたままで、料理を口に運びながらニックとトニーの話にうなずいている。

考えすぎだったかもしれない。ロブは冷たい水の入ったグラスをとり、半分ほどいっきに飲んだ。

「おなかがすいていないの？」

キャリーにきかれ、ロブは料理の皿に目を落とした。キャリーのことを考えるのに忙しく、朝食のことを忘れていた。

「さましているんだ」ロブは答え、フォークをとった。

「わたしの印象では、あなた方はいとこ同士というだけでなく、よい友人同士でもあるようね」キャリーが三人の顔を順に見た。

「どうしてそう思うんだい？」トニーがたずねた。

「わたしはそういうことが直感でわかるの」

「ぼくたちも小さいころはそう仲よくはなかったんだよ。年齢が離れていたせいもあってね」ニックが言った。「でも一族は結束がかたいから、定期的に会ってはいた。言われてみると、いまはみんなとても親しいな」

「だったら、ロビーが大みそかにわたしと一夜をともにしたことも聞いているのね」

ロブは口もとに近づけていたフォークをとり落とした。ニックは卵料理でむせ、トニーは口に含んだコーヒーをあやうく噴きそうになった。

「どうしてぼくが話したと思うんだ？」いとこたちに話したのは事実だったが、ロブはキャリーにそうたずねた。

キャリーは静かにほほえんだ。「さっきも言ったけれど、そういうことが直感でわかるのよ」

「聞いたかもしれない」トニーはすまなそうに肩をすくめてロブを見た。

「でも、お互いに相手が誰か今朝まで知らなかったのよ。それも聞いているといいのだけれど」

「事情はわかっているよ」ニックはうなずいた。

「それに、きみがそこまで説明する必要はない」

キャリーは首を振った。「物事はオープンにしておきたいほうなの。誤解されたくないから」

「心配はいらないよ」トニーが請けあった。

「キャリー――」

ロブが口を開いたが、キャリーは片手をあげて遮った。

「怒っているわけではないのよ」キャリーは言った。「男性って女性の話が好きでしょう？　かくいうわたしも友人のアリスに電話をして話したもの。でも、このテーブル以外に話が広がらないよう願っているわ」

「ぼくは誰にも言わないよ」トニーが言った。

「ぼくもさ」ニックがにやりとした。「きみたちが自由な時間になにをしようと、ぼくたちには関係ないからね」

キャリーはなぜここでこんな話をしたのだろうと、ロブはいぶかった。自分が悪いわけではないと証明するためだろうか？

マーケティングのプロであるキャリーは、そういった戦略にたけているのかもしれない。だが、ロブも負けるわけにはいかなかった。「物事をオープンにというなら、今朝ぼくのオフィスでなにが起きたかも話したほうがいいんじゃないか？」

トニーがロブに視線を投げた。「いいよ、そんなことは言わなくても」

「話すべきなのは、なにが起きなかったかということでしょう」キャリーは残念そうに言い、ニックとトニーを見た。「時間切れだったの」

ニックとトニーがロブを見つめた。彼女にここまで言わせたことを非難されているように感じ、ロブは不愉快になった。

「もう二度と起きることはない」ロブはぶっきらぼうに告げた。

「その理由もわたしにはわかるわ」キャリーはうなずいた。「仕事仲間と体の関係になるのは最悪よね。とくに相手が部下の場合は」

部下だって？　ロブは心のなかで悪態をついた。部下はキャリーのほうだろう。一時的なコンサルタントとして雇われているのだから。本気で彼女のほうが目上だと思っているのだろうか？

キャリーはロブの怒りには気づかない様子で、ニックとトニーのほうに身をのりだした。「ちょっとききたいんだけれど。一夜かぎりの情事をしたと考えてみて。朝になって、女性は眠っていてあなたは出ていくことにする。彼女を起こしてさようならを言う？　あるいはメモを残す？　それとも、どちらもせずに立ち去る？」

「ぼくなら絶対に彼女を起こしてさようならを言うよ」ニックが言った。

キャリーはトニーのほうを向いた。「あなたは？」

「少なくともメモは残すね」

キャリーはロブをちらりと見た。

ウエイトレスが置いていった伝票をニックがつかみ、隣に座っているトニーの肩をたたいた。「ぼくたちはそろそろ行こう」

「ねえ、わたしの分を払わせて」

キャリーが申しでたが、今回はぼくがおごるとニックは告げ、トニーとともに席を立った。

「ありがとう、次回はわたしがごちそうするわ」

次回があるとしてもぼくは同行しないだろうと、ロブは思った。

「引きつづき食事を楽しんでくれ」まだ料理が残っているロブの皿を見ながら、トニーが言った。いとこたちが立ち去ると、ロブはすばやく向かいの席に移った。食欲はうせていたので、料理の皿はそのままにしておいた。

これでキャリーと体が触れることはなくなると思ったのに、実際には横に座っていたときより状況が悪化した。大きくくれたキャリーの胸もとから胸の深い谷間が見えて、視線が引きつけられてしまう。

「楽しかったわ」キャリーが言った。

「さぞおもしろかったろうな」ロブは皮肉っぽく返したが、キャリーは気にもとめていないようだった。

「あなたのいとこたちは本当にいい人みたいね。トニーは独身なんでしょう?」

「ああ」

「特定の相手はいないの?」

「なぜ? 興味あるのか?」

キャリーは首をかしげた。「妬《や》いているの?」

「トニーは相手と別れたばかりだ。それに、きみのようなタイプに振りまわされるのを嫌っている」

「わたしは男性を振りまわすようなタイプかしら?」キャリーはテーブルに肘をつき、手に顎をのせた。

靴を脱いだ足が、ふたたびロブのくるぶしに触れた。今度は考えすぎなどではないと、ロブにははっきりわかった。ストッキングに包まれた足が脛《すね》を愛撫し、彼の膝の上にのせられた。

ロブはキャリーの足をつかんで膝から下ろし、警告を含んだ視線を彼女に向けた。スラックスの下で、ロブの体の中心がうずいている。「卑怯《ひきょう》な手を使うんだな」

「わたしが?」キャリーはとぼけてみせた。

「ぼくがきみの部下だと本気で思っているわけではないだろう?」

キャリーはまた首をかしげた。「いつわたしがそんなことを言ったの？」

「ほんの少し前さ。仕事仲間と体の関係になるのは最悪だと言っただろう。とくに相手が部下の場合は、と」

「つまり、〝相手〟というのがあなたのことを指すと思ったのね。誤解させてごめんなさい。一般論として、と前置きをしなかったのが悪かったわ」

ロブは返す言葉につまった。

「あなたは自己防衛の意識が強いのかしら？」キャリーはたずねた。

「いや、そんなことはない」きみといるときだけだと、ロブは心のなかでつけ加えた。

「ねえ、前にも言ったけれど、わたしは敵ではないのよ。あなたの態度しだいで、ソフトにもハードにもなるの」キャリーは片方の眉を上げた。

靴を脱いだ足がふたたび膝にのってきて、ロブは息をのんだ。キャリーの足が腿をすべり、体の中心に触れる。

「あなたは……ハードになっているみたいね」

「やめてくれ」

ロブは低い声で非難し、近くの席の客に気づかれないよう祈りながらキャリーの足を払った。悔しいことに、彼の頭はキャリーとこのまま彼女のホテルに行き、ベッドに入ることでいっぱいになっていた。

「きみはどうかしている」

「あなたがかかえている、自制についての問題を明らかにしようとしているのよ」

「自制についての問題だって？　きみの足にも同じ問題があるんじゃないか？」

キャリーはすべてわかっていると言いたげにほほえんだ。「もう行くわ。月曜日の朝、また会いましょう」

キャリーは立ちあがり、スーツのジャケットとコートをはおった。彼女がブリーフケースをとって席を離れ、出口に向かうのを、ロブは黙ったまま見送った。

まったく、とんでもない女性だ。

キャリーの言うように、ロブには自制について問題があるのかもしれない。

今日のようなふるまいをキャリーが今後もしかけてくるなら、自制を保つことこそロブの最大の課題になりそうだった。

5

その夜、キャリーはホテルのバーでカウンター席につき、マルガリータで祝杯をあげた。午前中に行われた〈カロゼッリ・チョコレート〉での会議は、ほぼうまくいった。ロブのオフィスで、互いに欲望に駆られたことをのぞいては。

キャリーはグラスの縁の塩をなめ、マルガリータを飲んだ。塩からさと甘さがまじりあった、絶妙の味わいだ。

携帯電話が鳴り、キャリーは画面を見た。親友のアリスからだ。

「それで、会議はどうだった?」

アリスの声を耳にすると、親友の姿がぱっとキャリーの脳裏に浮かんだ。アリスはきっと、つややかな黒髪を耳にかけながら、ソーホーのロフトのソファで体を伸ばしているのだろう。

ファッションモデルとして活躍しているアリスは百八十三センチの長身だが、体重は五十キロもない。ふたりは大学で出会い、外見も性格も異なっているものの、アルコール依存症の親を持つという共通点から親しくなった。友情は卒業後もつづいており、アリスはキャリーにとって唯一の真の友だった。

ふだんのアリスは、ミラノやパリといった世界各地から電話をかけてくる。しかし、少し前に脚を骨折した影響で、しばらくはステージに立つことができない。

「契約を結んだわ」キャリーは答えた。「これから三カ月はシカゴにいる予定よ」

「すてきね！」

「条件もすべてのんでもらったわ。あなたも知っていると思うけれど、この仕事は予定どおりにいかないことが多いから……」

「もう予定どおりにいかなくなっているのね？」

「どうしてそう思うの？」

「直感よ。あたっているでしょう？」訳知りな調子で、アリスが言った。

キャリーはため息をついた。「じつは、そうなの。基本的なルールを破ってしまったのよ。でも偶然のことで……事故みたいなものだわ」

「もったいぶらないで、詳しく聞かせてよ」

キャリーはためらいながらも口を開いた。「このあいだ話したでしょう？　ロンのこと」

「ああ、バーで会った〝ミスター・大みそか〟ね。もちろんおぼえているわ」

「その……じつはわたし、彼の名前を聞き違えていたの。本当の名前はロブだった」

「それがどうかしたの？」

「彼はロバート・カロゼッリ。〈カロゼッリ・チョコレート〉のマーケティング部門責任者だったのよ」

電話の向こうで、アリスが息をのんだのがわかった。モデルという仕事柄、アリスは予想外の出来事にもほとんど動じない。そのアリスが息をのんだのだから、キャリーの告げた事実はかなりショッキングだったのだろう。

キャリーは親友に、ロブが会議室に入ってきたところから、レストランでキャリーが彼の膝に足をのせたところまでをつぶさに話した。

アリスはため息をついた。「まるでなにかのドラマみたいな話ね。あなたは衝動的だから――」

「それほど衝動的じゃないわ」キャリーは遮り、バーテンダーに合図してマルガリータのおかわりを頼んだ。

「ねえ、自分の行動を客観的に考えてみて。あなたは初めての街で見ず知らずの男性をバーで誘って、自分のホテルの部屋に招いたのよ」

キャリーは身をすくめた。「そうね。否定はしないわ」

「充分に衝動的じゃない。でもお説教をするつもりはないわ。今回のことはただ運が悪かったのよ。ロブとまたベッドをともにしないかぎりはね」

「それはないわ。仕事の相手と体の関係を持つことはできないもの」

「本当にそれをわかっているの？」アリスの口調が厳しくなった。「だったらなぜ、今日彼のオフィスで〝時間切れ〟になる寸前までいったわけ？」

「ええと……弱気になっていたのよ」キャリーは口ごもった。「彼に再会するなんて思っていなかったから……ショックを受けていて……」

「レストランで彼を挑発したのはどうして？」

親友は容赦がない。キャリーは苦笑した。「一種の戦略よ。うまくいったと思うわ」

「有利になったということ？」

「ええ」ウエストから下については、確実に。

アリスはため息をついた。「心配しすぎだとは思うんだけれど。やっぱりあなたのことが心配よ」

「ありがとう、アリス。でも、わたしは大丈夫」キャリーは請けあった。

「そうね。ロブの話を聞いたら、昔のあなたに戻ってしまったのではないかと少し不安になったの。でも、いまのあなたは自分の人生をコントロールできる強い大人の女性よね」

「そのとおりよ」

だがキャリーのなかに、寂しい少女はまだ存在していた。自立した大人の女性になったはずなのに、ときおり衝動にまかせて行動してしまう。

「ロブのことは好きにはなれないわ。でも彼のそばにいると、服を脱がせて全身に触れたくなってしまうの」

「賢明とは言えないわね。ほら、レックスとわたしはそんなつきあい方だったでしょう」

アリスのボーイフレンド、レックスは新進気鋭のデザイナーとして世界的に認められつつある。だが、彼と一緒にいるときも、アリスは心から幸せそうには見えなかった。

「レックスはいつニューヨークに戻るの？」キャリーはたずねた。

「二週間後よ。今回は彼も約束を守ると言ってくれている」

アリスは聡明《そうめい》で美しく、洗練されているが、自己評価は恐ろしく低い。そのために、彼女はたびたび男性たちにもてあそばれてつらい目に遭っていた。

「そう、よかったわ。ところで脚の具合はどう？」

「理学療法のおかげで、少しずつよくなっている気がするわ。秋のショーまでに完全に回復すればいいのだけれど」アリスはため息をついた。「人生がかわるのは一瞬よね。仕事のことを考えながら歩いていただけなのに……」

アリスは歩道で自転車便にぶつけられ、はずみで車道に投げだされてタクシーにひかれたのだ。骨折だけですんだのはまさに奇跡だった。

「理学療法と言えば、予約を入れているからそろそろ出ないと」アリスは残念そうに言った。「でも約束して、キャリー。また〝ミスター・大みそか〟を挑発したくなったらわたしに電話するって。いつでも――昼でも夜でもよ」

「わかったわ、約束する」キャリーは答えながら、その約束が裏目に出ないよう祈った。

二日後、キャリーはタクシーに乗り、仮の住まいとなりそうなタウンハウスへ向かった。そこでニックの妻、テリーに会う予定だった。


タクシーが建物の正面に止まると、キャリーは目をみはった。新築のように美しい煉瓦《れんが》づくりの建物で、各戸にガレージが備えられ、二台分の駐車スペースがある。ここまでは完璧だ。

タクシー代を支払いながら、キャリーは、ここにいるあいだは車を借りるほうが便利かもしれないと考えた。歩道に降りたち、周囲を見まわす。家々はどれもよく手入れされ、通り全体が落ち着いた雰囲気だ。

キャリーが建物に近づいてポーチを上がると、玄関ドアが開き、女性が出てきて挨拶した。

「こんにちは、キャロラインね？」

「キャリーと呼んでちょうだい」キャリーは手を差しだし、女性と握手した。

「テリーよ。どうぞ入って。なかを案内するわ」

ほほえんだテリーは、夫のニックと同様に長身で髪と目が黒く、魅力的な女性だった。

コートを脱いで家に足を踏み入れたキャリーは、リビングルームのシンプルなたたずまいに驚いた。内装はベージュで統一され、壁も床のカーペットも、ソファやランプシェードもやわらかなベージュだ。室内にはかすかにクリーナーの香りが漂っている。

「家具はほとんど全部そろっているわ。ニックの家に引っ越したから、持っていく必要がなかったの」テリーは説明した。「飾り気がなくて驚いたんじゃない?」

キャリーはそばにあったソファの背にコートをかけ、その上にバッグを置いた。「シンプルで上品だわ」

「退屈よね」テリーが肩をすくめた。「気に入らなかったら、無理せずに断ってちょうだい」

キャリーは内装を重要視してはいなかった。機能的で手入れが楽なもののほうがありがたい。

「ほかの部屋も見たい?」テリーがたずねた。

「ええ、お願い」

マスターベッドルームにはベージュ以外の色も使われていた。クイーンサイズのベッドは薔薇《ばら》色の上掛けで覆われ、ベッドサイドテーブルはあたたかみのある松材だ。広いウォークインクロゼットに、清潔に整えられたバスルームもあり、ピンクのタオルとピンクのバスマットが彩りをそえている。

「タオルやシーツなどはすべてリネンクロゼットに収納してあるわ。ベッドのシーツはかえたばかりだし、バスルームは掃除をしたわ」テリーは気恥ずかしげにほほえんだ。

もうひとつのベッドルームは書斎にしつらえられ、机や書棚、ファイルキャビネットやプリンターの台があった。やはり飾り気はなかったが、とても機能的で、窓の外にはこぢんまりとした裏庭が見えた。

「完璧だわ」キャリーはテリーに言った。「キッチンを見せてもらえる?」

「もちろん。こっちよ」

キッチンはほかの部屋としっかりした壁で隔てられていた。そして、ほかの場所と同様にシンプルで清潔だった。

「わたしは料理をしないから、こだわったつくりではないの」テリーが言った。

「わたしもあまり料理はしないのよ」軽くうなずいて、キャリーはテリーを見た。「なにしろ仕事が忙しくて、料理には時間をかけられないわ」

「わたしも少し前まで仕事一辺倒だったの。でも産婦人科のドクターにストレスは体によくないと言われて、仕事を減らしたのよ。わたしたち、早く子供がほしいと思っているから」テリーは肩をすくめた。「夫が料理上手なのはありがたいわね。おかげで結婚してから体重が増えたけれど」

夫婦の仲睦《むつ》まじい様子がしのばれ、キャリーはほほえんだ。「結婚してどのくらい？」

「二カ月ほどよ」

「あら、まだ新婚なのね」

「でも九歳のときから友達だったから、二十年間つきあっていたようなものだわ」テリーは笑った。「それで、この家はどう？」

キャリーは笑みを返した。「お借りするわ」

6

「よかった！」テリーがほっとしたような笑みを浮かべた。

「ここはわたしの希望にぴったりだもの」キャリーはうなずいた。「賃貸契約書はあるかしら？」

「ええ。持ってくるわね」

ふたりはキッチンテーブルに座り、書類に記入しはじめた。賃貸料の欄のところで、テリーはキャリーを見た。

「賃貸料は、ケーブルテレビとインターネットの使用料も含めて相談したいんだけれど」

「もちろんよ。希望の額を言ってちょうだい」

テリーが告げた額は、シカゴのような大都市の賃貸料としては破格だった。

「安すぎるんじゃない？」キャリーは驚いて申しでた。「わたしは特別待遇を期待してはいないわ。妥当な額を支払わせて」

笑って、テリーは首を振った。「いいのよ、もうけるつもりはないから。これはニックとも相談ずみよ。建物の維持に必要な出費を補うだけの収入があれば充分なの」

「本当に？」

テリーはうなずいた。「こちらとしても使ってくれてありがたいのよ」

「だとしても、見ず知らずの他人に大切な家を格安で貸すなんて、気前がよすぎるわ」

「あら、あなたはもう見ず知らずの他人ではないでしょう」テリーは笑った。「それに、あなたが特別というわけじゃないわ。カロゼッリ家は人とのつながりを大事にする一族なのよ」

キャリーはうなずいた。「小切手でいいかしら？」

申し訳ないほどの少額を三カ月分の賃貸料として書きこみ、キャリーは小切手をテリーに渡した。

「ところで、あなたがさっき言っていた〝カロゼッリ家は人とのつながりを大事にする〟というのは、具体的にどういう感じなの？」

キャリーの顔に不安が表れていたのか、テリーは安心させるようにほほえんでみせた。

「例としてわたしのことを話すわね。シカゴに引っ越してきたとき、わたしは九歳だった。両親を亡くしておばに引きとられることになったのだけれど、おばはいままで会ったこともないおてんばな姪《めい》の保護者役に乗り気ではなかった。わたしは気持ちが沈んでいたわ。そのころニックと友達になって、彼の家族に会ったの。そして娘同様にかわいがってもらった。ニックがよく冗談を言うのよ。〝母さんにぼくとテリーのどちらかを選べと言ったら、テリーを選ぶだろう〟って」

「いいお話ね」キャリーは言った。「誰にでも家族はいるべきだもの」

「あなたは大家族なの？」テリーがきいた。

「おじとおばが数人、いとこも何人か南西部に住んでいるわ。でももう長いあいだ会っていない」キャリーは肩をすくめた。「わたしはほとんど母とふたりきりで過ごしていたわ」

「お母さまとは仲がよかった？」

キャリーがすぐには答えられずにいると、テリーがすまなそうに言った。

「ごめんなさい。わたしには関係のないことよね。最近、カロゼッリ家の人々の詮索好きにわたしも染まりはじめているのかも」

「いいのよ。母との関係はちょっと……複雑なの。わたしは働きづめだし、母はたいてい……ボトルと仲よくしているし」

「まあ」テリーの顔に理解の色が浮かんだ。「さぞ大変な思いをしたんでしょうね」

「幼いときからずっと、母はわたしに無関心だった。だから、わたしにはアルコール依存症の親を持つ子供の典型的な特徴があるのよ」

「〝典型的な特徴〟というのは？」

「責任感が強すぎ、物事を深刻にとらえがち。いったんなにかにとりかかるとそれに執着して、とことん頑張ってしまう。でも自己評価が低いから、成果に満足が得られない。他人への不信感により、親密な関係を築くのが難しい」

そこでキャリーは言葉を切り、少し考えてからまた口を開いた。

「こんなことを話すのは、たぶんわたしが無意識に、よく知りあう前にあなたを遠ざけようとしているからかもしれないわ」

「まあ。なんというか……」テリーは口ごもった。

「強烈ね」

「大学では心理学を専攻していたのよ」キャリーは苦笑した。「でも、じきにわかってしまったの。わたしのようなだめな人間に、他人のカウンセリングをする資格はないって。だから専攻をマーケティングにかえた。でも、心理学で学んだことはいまも利用しているわ。どうすれば商品を買ってもらえるかを探るのに」

「なるほど」わかったというように、テリーはうなずいた。「ねえ、明日の夜はなにか予定がある？」

頭にぱっとロブの顔が浮かび、キャリーはあわててそれを払いのけた。「いいえ。ここには知りあいもいないし」

「じゃあ、わたしの家に来ない？　ニックとわたしで友達を数人招いているの。よかったら、あなたもぜひ」

「本気なの？」キャリーは片方の眉を上げた。「わたしには問題があることを話したでしょう?」

「気にしないわ」テリーは笑った。「あなたならすぐみんなになじめるはずよ」

少し考えて、キャリーは承諾することにした。テリーの厚意に感謝を示したかった。「それなら、喜んで」

「七時からよ」テリーは住所を告げた。「あなたはなにで来る? ロブに寄ってもらいましょうか? 彼は来るときにここのそばを通るから」

ロブの車に乗ることを考えると、キャリーの胸が高鳴った。「でも、タクシーで行くほうがいいんじゃないかしら」

「帰りのことを心配しているなら、問題はないはずよ。ロブはいつもあまり飲まないから」

「わたしと会った夜はずいぶん飲んでいたけれど」

そう口にしてから、キャリーはあわてた。テリーは、キャリーとロブが大みそかに出あったことを知らないはずだ。

「それは聞いているわ」

あっさりとテリーに言われて、キャリーはまばたきした。「じゃあ、知っているの?」

「忠告しておくわね。わたしに知られたくないことがあったら、ニックには言わないこと。わたしたちはなんでも包み隠さず話すから」

「心にとめておくわ。とにかく、ロブには迎えに来てもらわなくてけっこうよ」ロブとのことについては、レストランでニックとトニーに話したとキャリーは思いだした。「ニックはあなた以外の人にも話したかしら?」

「それはないと思う。ニックは本来、噂《うわさ》話が好きなタイプではないの」テリーは首をかしげた。「トニーも、誰にも話していないと思うわ」

「あの……ふだんのわたしは、そんなふるまいはしないのよ」キャリーは弁解するように言った。

「ロブもふだんは、そんなふるまいはしないわ。いつもまじめで冷静なの」テリーは言葉を切り、キャリーを見つめた。「よほどあなたに惹《ひ》かれたのね。個人的には、あなた方はお似合いのカップルになると思うけれど」

「まあ。でもわたしは仕事仲間とはデートしないと決めているの。バーでロブと会ったときに、彼が何者か知っていれば――」

「キャリー、わかっているわよ。でもね、これは運命なんじゃないかしら」

だとしたら、運命はロブとキャリーのどちらにとってもひどく意地悪だ。「これ以上ひどい運命は考えられないけれど」キャリーはうめいた。

「人生の転機って、いつおとずれるかわからないものよ」テリーは言った。「わたしだって、半年前には親友と結婚することになるなんて夢にも思っていなかったもの」

「ニックとのあいだになにがあったの？」

「話すと長くなるわ」テリーはにやりとした。「明日の夜、うちに来てくれたときに教えてあげる。きっと来てね」

キャリーはうなずいた。「ええ、必ず」

テリーがコートのポケットから鍵の束を出し、キャリーに渡した。「正面玄関とガレージのドアの鍵よ」

その後テリーは、ガレージへとキャリーを案内した。キッチンを出て暗い廊下のつきあたりを曲がった正面にドアがあり、ガレージにつながっている。その手前にある別のドアから地下室に行けるとテリーは説明したが、キャリーには地下室を使う予定はないので、ただうなずいただけだった。

外からガレージの扉を開けるためのリモコンをキャリーに渡すと、テリーは帰っていった。

キャリーはタクシーでホテルに戻り、何個ものバッグに荷物をつめこんだ。そして、降りはじめた雪のなかを、タクシーでタウンハウスへ行った。重い荷物を持ってポーチを上がるのは大変なので、彼女はガレージの扉を開け、運転手に頼んで荷物をガレージに置いてもらった。

家に入ったキャリーは、貴重品の入った小さなバッグをふたつリビングルームに置いてから、重い荷物をとりにガレージへ行った。

ドアを開けると、なかは真っ暗だった。照明のスイッチの場所を確認しておかなかったことを悔やみながら、キャリーは壁を手探りした。

ようやく見つけてスイッチを入れようとしたとき、手の上に冷たい手が置かれるのを感じた。キャリーは叫び声をあげ、手を引っこめた。反射的な動作だったが、そのときにスイッチが入り、なかがぱっと明るくなった。

キャリーはまぶしさに目をつぶり、少ししてそろそろと目を開けた。周囲を見まわしたものの、誰もいなかった。ガレージの床にはバッグがまとめて置かれている。

胸の鼓動を落ち着かせるために、キャリーはゆっくりと深呼吸しながら荷物のところへ向かった。きっと気のせいだったのだ。ここには自分しかいない。だが不安が押し寄せてきて、彼女は途中で立ち止まり、ドアのほうをそっと振り返った。

家のなかは暗いが、なにかがいるような気配はない。やはり勘違いだったのだ。

早く荷物をとって戻ろうと振り向いた瞬間、目の前に立っていた大柄な人物にぶつかりそうになり、キャリーはふたたび大声で叫んだ。

しかしすぐに、それはロブだとわかった。

「驚かせないで！　心臓が止まるかと思ったじゃない」キャリーは怒って言った。

長い黒のウールコートを着て黒い革の手袋をした

ロブが、愉快そうに笑った。黒い髪には大きな雪片がついている。「意外に臆病なんだな」

床には濡《ぬ》れた足跡がついている。ロブは開いていたガレージの扉からそっと入ってきて、キャリーの背後に忍び寄ったのだ。

「おかしなことがあったせいよ」キャリーは弁解した。

「おかしなことって?」ロブは眉をひそめた。

キャリーは首を振った。「なんでもないの。たぶんわたしの思いすごしよ」

ロブがいぶかしげに目を細める。「なにがあったんだい?」

キャリーはしぶしぶ打ち明けた。「照明のスイッチに手を伸ばしとき、誰かの手がわたしの手に重なった気がしたの。でも、明るくなったときには誰もいなかった」

神妙な顔になり、ロブは言った。「あのレディは地下にいるはずなんだが」

キャリーはまばたきした。「誰のこと?」

「ぼくたちは〝地下室のレディ〟と呼んでいるんだ。テリーとニックには感じられないらしいが、ほかにも多くの人が彼女の存在を感じている。触れられた人もいるし、階段を上がり下りする音を聞いた人、泣き声を聞いた人もいる。ぼくには彼女の香水のにおいが感じられるよ」

「まさか」キャリーは地下室のドアの前に戻り、鼻をドアに近づけた。だが、掃除に使ったと思われるクリーナーの香りがかすかにするだけだった。

「なかに入らないとわからないよ」ロブが言った。

「嘘《うそ》をついているんでしょう」キャリーは肩越しに振り返り、後ろに来ていたロブをにらんだ。

「とんでもない。このドアを開ければ、ぼくが言ったことがでたらめではないとわかる」

ドアを開けるか否か。キャリーは悩んだ。だが、彼女は基本的に行動するタイプだった。たとえ後悔することになったとしても。

なにがあっても動じないよう心を決めて、キャリーはドアノブに手をかけた。そしてノブをまわし、ドアを少し開けたとき。

いきなり、背後から肩を強くつかまれた。

ロブのしわざだとわかっていても、キャリーは喉から甲高い悲鳴がもれるのを抑えられなかった。動悸《どうき》に見舞われながら、振り返って力いっぱいロブの胸を押した。「ひどいわ!」

「きみはだまされやすいな」ロブは笑い、首を振った。「信じられないよ、あんなに驚くなんて。きみの顔は見ものだった」

キャリーは音をたてて地下室のドアを閉め、足音高く廊下を歩いた。キッチンに入ると、ロブがあとから入ってきた。キャリーがガレージに残してきたバッグもいくつか持ってきてくれている。

「なにをしているの?」

「これをどこに置けばいい?」ロブはたずねた。

自分でできると答えようとして、キャリーは思いなおした。「ベッドルームへお願い」

ここはテリーの家だから、ロブは来たことがあるのだろう。ベッドルームがどこかを知っているらしく、ロブはうなずいた。

「それにしても、ずいぶんとつめこんだようだな。重さが一トンくらいありそうだ」

「三カ月のあいだに必要なものを持ってきたんだもの」それでも、服の大半はシカゴの気候には薄手すぎると、キャリーは気づいていた。「ところで、なぜここに来たの?」ベッドルームに向かいかけたロブに、彼女はたずねた。「そもそも、どうしてわたしがここにいるとわかったの?」

ロブは廊下を歩きながら、肩越しに振り向いた。

「ニックから聞いたのさ」

テリーはニックにすべてを話す。それをニックがロブに伝えても、問題があるわけではない。けれどもキャリーは、ロブに誤解されたくなかった。この家を、気が向いたときにふらりと立ち寄れるような場所だと思ってほしくない。

キャリーはロブのあとからベッドルームに行った。彼はバッグをウォークインクロゼットの近くに置くと、キャリーに向きなおった。

「それはここに来た理由の説明にはなっていないわ」キャリーは言った。

「きみにこれを渡そうと思ったんだ」ロブは手袋をとり、コートの内ポケットからフラッシュメモリーを出してキャリーに渡した。

「これはなに？」

「きみがエレーナに頼んだ会計報告のデータさ」

「まあ。月曜日にもらえれば充分だったのに」

ロブは肩をすくめた。「早く目を通したいだろうと思って、ぼくがエレーナから受けとってきたんだ」

キャリーはすべてを契約が有効になる月曜日から始めるつもりでいたが、それをロブに告げるのはやめた。彼がわざわざ届けてくれたのがなぜか、興味をそそられていた。

「ありがとう」

キャリーは部屋を横切り、ベッドサイドテーブルの照明をつけた。そして振り返ると、ロブはもうクロゼットのそばにはおらず、ベッドルームのドアの前に移動していた。まるでキャリーが部屋から出るのを遮ろうとするかのように。そして、欲望を映した目をキャリーに向けた。

キャリーの全身が緊張に震えた。体のあらゆる部分が、ロブに触れてほしいと訴えている。ここはベッドルームだ。ふたりきりでいるのに、これ以上不都合な場所はない。

ロブから目をそらし、キャリーはバッグのところへ歩いた。服のつまったバッグをとってウォークインクロゼットに運び、服を出しはじめる。

クロゼットの外で、ロブがコートを脱ぐ気配がしている。だからといって、これからなにか起こるわけではないと、キャリーは自分に言い聞かせた。一夜かぎりのことだったと、ロブははっきりと言ったのだから。

自分がいますべきなのは、アリスに電話することだ。

しかし、キャリーが携帯電話を手にする前に、ロブがクロゼットに入ってきた。彼女の後ろから近づき、両腕で抱きしめる。ロブの体の中心が腰にあたり、彼がすでに著しく反応しているのがわかった。

「ねえ」キャリーは肩越しにロブを見あげた。「これはちょっと……まずいわ」

「ぼくはそうは思わないが」ロブの指がキャリーのセーターの裾からすべりこみ、素肌を撫《な》でた。「それにきみも気にしていないように見える。このあいだの夜と同じように」

そんなはずはない。キャリーは携帯電話がどこにあるか思いだそうとした。一秒でも早く、アリスに電話しなければならない。けれども、ロブの手が腹部を這《は》いあがり、胸を包みこまれると、彼のことしか考えられなくなった。

キャリーはため息をつき、頭をロブの胸にもたせかけた。「こういうことはもう二度と起きないと、あなたは言っていなかった？」

「ああ……気がかわったんだ」ロブは彼女の髪を払い、うなじにキスをした。

ロブの唇が押しつけられた場所から熱さが伝わって、キャリーは脳味噌がとけてしまいそうに感じた。

「わたしたちは仕事仲間よ」キャリーは言った。

「まだ違う。契約上、きみがわが社で仕事をするの月曜日からはだめよ」

「いいだろう」ロブは彼女を抱きあげてベッドに運んだ。


は月曜日からだ」

ロブの言い分はもっともだった。仕事仲間になる前に関係を持つのも問題ではあるが、すでに一度ベッドをともにしていることを思えば、もう一度そうしたところで大きな差はないだろう。

ロブの手が触れている肌が、やけどしそうなほど熱い。首筋に歯を立てて強く吸われ、キャリーは息をのんだ。男性にキスマークをつけられたことはなかった。これは彼女がロブのものだという印――焼印だと思うと、官能に満ちた歓《よろこ》びがこみあげてきて、体の奥がうずいた。

息が乱れるのをおぼえながら、キャリーはロブの腕のなかで体を返し、彼と向きあった。たくましい首に両腕を投げかけ、ロブを見あげた。「いいわ。でももう一回だけ。それで本当に終わりよ」

「だが明日は土曜日だし、その次は日曜日だ」

キャリーはため息をついた。「わかったわ。でも

7

脱がせる。「わたしたちのあいだに友情はない」

「そうだな」ロブはキャリーの脚を開かせ、そのあいだに膝をついた。腿の内側に唇を這《は》わせ、脚のつけ根にキスをする。

ロブの舌使いがとても巧みだったことを、キャリーは思いだした。ロブが彼女の腰にまたがり、高ぶったものをこすりつける。欲望をかきたてられ、キャリーは全身がぞくぞくした。

ロブがキャリーの両手首をつかみ、彼女の頭上でマットレスに押しつけた。「ぼくがほしいと言ってくれ」

「あなたがわたしをほしがっているんでしょう」

ロブが頭を下げてキャリーの胸をなめ、口に含んで強く吸った。キャリーはあえぎ、身をくねらせた。

「ぼくがほしいと言ってくれ」ロブは繰り返し、従わなければ攻めるのをやめないと、容赦のないまなざしで語った。そして高まった彼の中心をキャリーから下ろし、自分のシャツを性急に脱いだ。

ロブはキャリーの体をやや乱暴にマットレスに下ろし、自分のシャツを性急に脱いだ。

キャリーもシャツを脱ぎ、ブラジャーをとった。

「わたしはまだあなたが好きではないわ」

「わかっている」スラックスの金具をはずしながら、ロブは言った。彼の目は欲望でぎらついている。

「ジーンズを脱いでくれ」

キャリーはジーンズの金具をはずして脱いだ。ロブも自分のスラックスと下着を一緒に下げ、脱ぎ捨てた。

「これはたんなるセックスよ」キャリーは言った。

ロブの手が彼女のショーツの縁にかかり、いっきにに押しつけた。

屈服する以外、キャリーに選択肢はなかった。「あなたがほしい」彼女はロブの目をのぞきこんだ。

次の瞬間、ロブが勢いよくなかに入ってきて、キャリーは息をのんだ。彼が腰を引き、また進める。それが繰り返されるたびに衝撃が全身に広がり、キャリーはふくれあがる歓《よろこ》びに圧倒された。高められた体が、さらなる高揚を求めてうずく。

「きれいだ、キャリー」ロブが黒い瞳で、キャリーの顔をつぶさに眺めた。まるで彼女のすべてを記憶に焼きつけようとするかのように。

ロブがリズムを刻みはじめ、キャリーは体の中心が爆発しそうに感じた。

ペースを落として、とロブに言わなければ。

だが、もうすでに手遅れだった。キャリーの全身が、すでにエクスタシーの渦にのみこまれていた。

ロブがうなり声をあげ、のぼりつめると同時に自らを解放した。

翌朝、目覚めたキャリーはベッドの上で上体を起こし、見慣れない部屋に一瞬まごついた。それからテリーの家を借りたことを思いだした。ここはシカゴなのだ。

そしてゆうべは……。

隣に目をやり、キャリーはため息をついた。今回もロブはなにも言わずに姿を消していた。メモ一枚も残さずに。

予想はしていたことだ。

コーヒーをいれようと、キャリーはローブをはおってキッチンに歩いた。そこで、冷蔵庫に手書きのメモがマグネットでとめてあるのに気づいた。

〈すまないが、仕事があるので行くよ。ゆうべはすばらしかった。朝の七時に出ていくのは、夜のあい

だにこっそり帰ることにはならないだろう？　今夜、ニックとテリーの家に行ったあとで、またどうだい？〉

ロブはメモを残してくれていた。しかも、とても甘くてユーモアにあふれたものを。ロブを少し見直して、キャリーはふと考えた。いまはお互いに、体だけのことと割りきっている。でも、好意を感じはじめたらどうなるだろう？

キャリーはあわてて首を振った。そんなことにはならない。次に会うときは仕事の相手として、ビジネスライクにふるまうはずだ。

彼女はシャワーを浴び、服を着て、ショッピングモールへ行くためにタクシーを呼ぼうと受話器に手を伸ばした。そのとき、ガレージのほうでドアがきしりながら開く音が聞こえたように思った。ロブかテリーが来たのだろうか。

キャリーは廊下を歩き、ガレージにつづくドアのほうへと角を曲がった。そしてぎょっとした。

地下室のドアが開いている。ゆうべはたしかに閉めたはずなのに。

ガレージの明かりをつけるときに、誰かの手が重ねられたように感じたことを思いだし、キャリーは息をのんだ。

ロブが出ていくときに開けた可能性はある。そうする理由はまったく思いつかないけれど。あるいは、ゆうべはドアが完全に閉まりきらず、だんだんに開いたのかもしれない。きっとそうだ。

キャリーはドアに歩み寄り、ノブをつかんでドアを閉めた。そして、しっかりと閉まったことを確認したのち、タクシーを呼んでショッピングに行った。

その後、キャリーは地下室のドアのことをすっかり忘れていた。夜になってキッチンで熱い紅茶をいれるときになって、ふと誰かの視線を感じたように思ってどきりとした。

気のせいだと自分に言い聞かせたが、胸のざわつきがおさまらず、キャリーは廊下をガレージのほうへ歩いた。

地下室のドアはしっかり閉まっていた。ドアノブに触れて確認し、キャリーは安堵《あんど》のため息をついた。ゆうべ冷たい手が触れたように感じたのも気のせいだったのだ。

キャリーはキッチンに戻り、紅茶をいれた。そしてカップを口に運ぼうとしたとき、また音が聞こえた。ドアがきしみをあげて開く音が。

まさか。空耳に違いない。

キャリーはごくりと唾をのみこみ、勇気を振りしぼってふたたびガレージのほうへ向かった。

ああ、そんな！

地下室のドアは開いていた。


ロブがキャリーの家の玄関をノックしたのは、六時三十分ごろだった。ドアがわずかに開いて、顔をのぞかせたキャリーが驚いたようにまばたきした。

「ロブ！　なぜここに来たの？」

「ニックとテリーの家に行くので、迎えに来たんだ。きみも行くんだろう？」

「ええ、でもあなたの迎えは必要ないとテリーに言ったわ」

「テリーから聞いてはいないよ。ちょうど通り道だから、ぼくが寄ればタクシー代の節約になるだろうと思ったんだ」ロブは身震いしてみせた。「きみには迷惑だったのかもしれないが、よかったらぼくの足がポーチで凍りつく前になかに入れてもらえないかな」

キャリーはためらった。「わたしたちは友達ではないのよ」

「それは承知しているよ」

キャリーはようやく一歩下がり、ロブを通してからドアを閉めた。腰のラインを際立たせるデニムのミニスカートにピンヒールのブーツ、ピンクのセーターをまとった彼女を見て、ロブは感嘆の声をあげた。「とてもすてきだよ」

「少し派手じゃない？」

「いや、よく似合っている」実際、キャリーは最高にセクシーですばらしかった。「じゃあ行こうか」

「でも、同じ車で行ったらつきあっていると疑われるわ」

ロブは肩をすくめた。「他人がどう思おうと関係ないだろう？」

「あなたは気にしなくても、わたしは気になるの」

「だったら、テリーとニックの家に着いたらきみが先に入ればいい。ぼくは少し時間をおいてから入るよ」

「そうね。ところで……」キャリーは口ごもった。「ちょっとききたいことがあるのよ。地下室のレディについて。あれは冗談だったのよね？」

「もちろんさ。なぜだい？　また誰かに手をさわられた気がしたのかい？」

「いいえ」キャリーは首を振った。「でも、地下室のドアが、その……自然に開いていたの」

ロブは信じられないという顔をした。

「本当なのよ。ドアが閉まっているのをたしかめて、少ししてからまた見に行ったの。そうしたら、四、五センチ開いていたのよ」

「閉まっているようでも、きちんと閉まっていなかったんだろう」

「いいえ、確実に閉まっていたわ」

「じゃあ見に行こう」

ロブは廊下を歩き、ガレージへ向かった。キャリーがあとからついてくる。角を曲がって地下室のドアを見ると、三センチほど開いていた。

「ほらね」キャリーは言った。「わたしはたしかに、十五分ほど前に閉めたのよ」

ロブはドアを閉め、ドアノブをゆすってきっちり閉まっているのを確認した。ためしにドアノブをまわさずに開けようとしたが、無駄だった。誰かが意図的にドアノブをまわさなければ開かないのだ。

「よし」ロブはドアノブを見つめた。「開くのを見ていよう」

「さっきわたしも十分ほど見ていたけれど、変化がなかったからここを離れたのよ。つまり、五分後にはまた開いたということになるわね」

「じゃあ、少しのあいだここから離れて、また確認しに来よう」

キャリーは首をすくめた。「わたしは出かける準備をしないと」

ロブは彼女の頭から爪先までを見た。「もう準備はできているように見えるが」

あきれたように、キャリーは目をぐるりとまわした。「わたしを送ってくれるんでしょう?」

女性の身支度には時間がかかることは、ロブもよく知っていた。コートを脱いでリビングルームのソファに座ったが、じきに地下室のドアが気になってきて、ソファから立ちあがった。

地下室のドアは、ロブが閉めたときのままだった。ドアノブを確認すると、しっかり閉まっているのがわかった。その後、キャリーを待つあいだに二度見に行ったが、ドアに変化はなかった。

ようやく支度を終えて現れたキャリーが、コートをとりながらきいた。「ねえ、地下室のドアをたしかめてみた?」

「ああ、三回もね。一ミリも開いていなかったよ」

キャリーは肩を落とした。「誓ってもいいわ、ひとりでに開いたのよ。でもいまは出かけたほうがよさそうね」彼女はコーヒーテーブルからクラッチバッグをとった。「でも、もう一度だけ確認してもかまわない?」

「臆病だな」

キャリーににらまれ、ロブは肩をすくめた。コートをとり、おとなしくキャリーのあとについて廊下を歩いた。

角を曲がったところでキャリーが急に立ち止まり、ロブはあやうくぶつかりそうになった。

「ロブ、これは冗談ではなさそうよ」キャリーは地下室のドアを見つめた。

もし地下室になにかがいるとしたら、きっと主張したいことがあるのだろう。なぜなら、ドアは数センチ開いているのではなく、全開だったからだ。

8

「ひとりでに開いたの?」

キャリーが地下室のドアのことを話すと、テリーは疑うような顔をした。

ふたりはテリーの家のキッチンで話をしていた。そばにはトニーの妹エレーナや、ニックとテリーの友人たちもいる。

マークという男性は、露骨にキャリーに興味を示していた。中肉中背でブロンドだが、頭頂部が少し薄い。キャリーのほうはとりたててマークに惹《ひ》かれることはなく、腕が触れあってもなにも感じなかった。もしデートに誘われても、応じることはないだろう。

「そうよ。あなたが住んでいたときには、そういうことはなかった?」キャリーはきいた。

テリーは肩をすくめた。「あったとしたら、気づかなかったのね。地下室は倉庫として使っていたから、行くことはめったになかったし」

「地下室にはなにが置いてあるの?」エレーナがたずねた。「おばさまの遺骨とか?」

テリーは苦笑した。「まさか。古い家具よ」

「もしかしたら」〈カロゼッツリ・チョコレート〉でニックの部下として働いているリサが、いたずらっぽく言った。「その家具に霊がとりついているのかも」

「ありえないわね、おばは霊など寄せつけないタイプの人だったもの」顔をしかめて、テリーは言った。「家具はおばの家の屋根裏部屋に保管されていたの。何世紀も前につくられた骨董品《こっとうひん》よ。使う予定はないけれど、売るのは気が引けて」

キャリーはリビングルームに目をやった。トニーとロブ、そして魅力的なアジア系の女性がソファのそばで話している。その女性は少し遅れて到着したため、キャリーはまだ紹介してもらっていなかった。いったい誰なのだろう? ロブは女性の話をとても熱心に聞いているように見える。

キャリーの視線を感じたのか、ロブがふいにこちらを見た。視線が合うと、彼は口の端を曲げて意味ありげにほほえんだ。

ここに来て二時間たつが、ふたりはほとんど話をしていなかった。すれ違うときに何度か、ロブがキャリーの腕に触れてきただけだ。

キャリーが見ているかぎり、ロブは飲み物をおかわりしてはいない。テリーから聞いたように、ロブはあまり酒を飲まないようだ。いっぽうキャリーは四杯目のワインを手にしている。グラスがあくたびに、マークがすぐついでくれるのだ。

「ほかになにかおかしなことはなかった？」

テリーにきかれて、キャリーは視線をテリーに戻した。「そういえば、ガレージで明かりのスイッチに手を伸ばしたとき、手の上に誰かの手が置かれたような感じがしたの。とても冷たい手だった」

「なんてこと」エレーナは身震いして両腕をさすった。「鳥肌がたったわ」

「わたしもよ」テリーが言った。「誓って、いままでそんなことはなかった。もしあったら引っ越していたわ。キャリー、ほかに住まいを探すならそうしてもかまわないわよ」

「ちょっと気味が悪いのはたしかね」キャリーは認めた。「でもまだ原因がわからないし、引っ越す必要は感じないわ」

「地下室には行ったのかい？」マークがたずねた。

キャリーは首を振った。「まだよ」

「怖いんだな」マークが彼女の肩に腕をまわし、にっこり笑いかけた。「ぼくが守ってあげるよ」

マークの息はアルコールのにおいがひどく、キャリーは気分が悪くなりそうだった。腕をほどいてくれるのを待ったが、マークにはその気はないらしい。

困惑しながら、キャリーはまたロブに視線を向けた。ロブはアジア女性のほうへ上体を少し傾け、女性の言葉に笑みを見せた。そして、女性の肩に腕をまわした。

嫉妬が胸にこみあげてくるのを、キャリーは懸命に無視しようとした。ロブが誰と親しくなろうが、自分には関係ない。けれども、この調子で進めば、家にはタクシーで戻り、夜はひとりで過ごすことになるかもしれなかった。

「除霊をしてもらう必要があるかもしれない」マークが言った。彼はいまや、キャリーに寄りかかっていないと立っていられないような状態だった。

マークの腕が重たくて肩が痛くなり、キャリーは体勢をかえようとした。「とりあえず、もう少し様子を見るわ」だが、マークはいっそう彼女にもたれかかってくる。

キャリーがリビングルームに目をやると、ロブはアジア女性の言葉に笑い、女性の頬にキスをしていた。

気持ちが落ちこんだが、キャリーはそれを表に出さないよう努力した。今夜、ひとりで過ごすのは決定だ。

「もしなにかいるとしたら、地下室には入らないほうがいいと思うわ」テリーが言った。

キャリーはうなずいた。「そうね。そのなにかが地下室にこもっていてくれるなら問題はない。わたしもあちらに干渉はしないわ」

視線を感じた気がして、キャリーはロブのほうを見た。だがロブはまだアジア女性と親しげに話していて、キャリーのほうなど気にもしていない。

肩にかかるマークの腕が重く、アルコールとアフターシェーブローションの香りがまじった不快なにおいが鼻をつく。ついに我慢できなくなり、キャリーはそっとマークの腕をはずして彼から離れた。マークはよろめき、カウンターの端をつかんで体を支えた。

「ごめんなさい、バスルームはどこかしら?」キャリーはテリーにたずねた。

「廊下をまっすぐに行って左よ」テリーが答えた。「そこが使用中だったら、わたしの書斎とマスターベッドルームにもひとつずつあるわ」それから、声をひそめてささやいた。「マークが不愉快だったら、直接やめてと言ってかまわないのよ。しらふのときは礼儀正しい人なんだけれど、残念ながら、飲みはじめるといつも止まらなくなるの」

「わかったわ、次にはそうする」不愉快ではあったが、マークの気持ちを傷つけたくはない。キャリーはただ、アルコールと離れられない人とはもうかかわりたくなかった。

テリーに教えられたバスルームは使用中だったので、廊下の端の右のドアを開けると、そこがマスターベッドルームらしいとわかった。他人のベッドルームに入るのは気が引けたが、バスルームを使ってリフレッシュしたい気持ちがまさった。

キャリーは早足で部屋を横切り、バスルームに入った。そしてドアを閉めようとしたとき、ドアが強引に向こう側に引かれて驚いた。

マークがあとをつけてきたのだろうか?

だが、開いたドアから入ってきたのはロブだった。

「驚かせないで」キャリーは胸に片手を押しあてた。やわらかそうな胸に、ロブの視線は引き寄せられた。そこに顔をうずめたくてたまらない。

「マークだと思ったのかい?」ロブはドアを閉め、鍵をかけた。「ずいぶん親しくしていたようじゃないか」

「嫉妬しているの?」キャリーは手を下ろし、顎を上げた。

「嫉妬なんてしていないさ。きみがマークをけむたがっているのは態度でわかった」

「そんなことはないわよ。マークはいい人だもの」

そう返したものの、キャリーの目は言葉を裏切っていた。

「だったらなぜずっとぼくを見ていたんだ?」

「そんなことより、あなたはここでなにをしているの? ガールフレンドと話すほうが有意義なんじゃない?」

ロブは数秒の間をおいてから答えた。「いいんだ、彼女とはいつでも話せるから」

「そう。とても親しいというわけね、わかったわ」

「ああ、かなり長いつきあいなんだ」ロブはほほえんだ。「彼女は――ぼくの〝ガールフレンド〟はメガンという名前だ。メガン・カロゼッリ。義理の妹だよ」

キャリーはまばたきし、困惑した表情を浮かべた。

「まあ」

「メガンはぼくが小さいころに、養女としてうちに引きとられたんだ」

ロブが近づくとキャリーはあとずさりした。だがすぐに腰が洗面台にあたって動けなくなった。

「嫉妬してくれてうれしいよ」

「嫉妬なんてしていないわ」

「ぼくがほしいんだろう?」

キャリーは目をぐるりとまわした。「自信過剰ね」

ロブはにっこりほほえみ、片方のてのひらでキャリーの頬を包んだ。そして、彼女の唇を親指で撫《な》でた。

ずっと、キャリーの服を脱がせてベッドに押し倒すことしか考えられなかった。友人たちの前でキャリーに気のないふりをつづけるのは、まさに拷問だった。キャリーのあとをつけるつもりなどなかったのに、ロブの目は勝手にキャリーを追い、足が勝手に動いてここに来てしまった。

「だめよ、こんなところで」

キャリーの言葉を無視して、ロブは頭を下げ、彼女の首筋にキスした。

「声や物音を誰かに聞きつけられたら困るでしょう」

「静かにことを運べばいい」ロブはキャリーの耳に鼻をこすりつけた。「きみはすてきなにおいがするな」

「ロブ、やめて」

ロブはキャリーの肩をつかみ、体の向きをかえさせた。そして、バスルームの鏡越しにキャリーと目を合わせた。「本気で言えばやめるよ」

「本気よ」

キャリーはそう答えたが、ロブには嘘《うそ》だとわかっていた。キャリーは現実を認めたくないのだ。ふたりを支配している欲望に身をゆだねるのをためらっている。

ロブは背中からキャリーの体に腕をまわし、両手で彼女の胸を包んだ。豊かなふくらみを愛撫《あいぶ》すると、キャリーはうめき声をあげ、目を閉じた。

キャリーの両手はぎゅっと握られているが、ロブを押しのけようとはしていない。

ロブはキャリーを引き寄せ、欲望のあかしを彼女の腰に押しつけた。それでも彼女の拳は握られたままだ。ロブは両手を彼女のセーターの下に忍びこませ、レースのブラジャーのホックをはずして、じかに胸のふくらみをてのひらで包んだ。

ついにキャリーは屈服し、甘いあえぎ声をあげた。片手をあげてロブの首にかけ、引き寄せる。ロブは彼女の首筋に唇を押しあて、むさぼるようなキスをした。鏡越しにキャリーを見つめながら、スカートの裾に手をかけて腿の上までまくった。腿のつけ根を指で愛撫すると、キャリーの頰がピンク色に染まった。

「まだやめてほしいかい?」

キャリーにはもう、欲望にあらがう意思はないようだった。ヒップを突きだし、ロブのジーンズの前に押しつけて言った。「早くして。誰かがわたしたちがいないことに気づいて捜しに来る前に」

ロブはジーンズのファスナーを下ろした。洗面台に手をついて前かがみになったキャリーのウエストをつかみ、ヒップを引き寄せる。そして彼女のなかに自らを進めた。

キャリーは歓《よろこ》びの声をあげながら頭をそらした。洗面台の縁をつかんで両腕を突っ張り、彼の激しい欲望に応えた。

こんなに荒々しい営みは、ロブにとってはじめてだった。女性はやわらかく繊細だから、扱いには慎重さが必要だ。けれども、相手がキャリーだと彼女を支配し、奪いたくなる。彼女に官能の声をあげさせ、降伏させたかった。彼女の心さえも、自分のものにしたかった。

ロブは高まったものをいったん離してから、キャリーの体を返して自分と向きあわせた。そのまま彼女をかかえあげてシャワーの横の壁に押しつけると、ほっそりした脚がロブの腰に絡みついた。ふたたび彼の欲望のあかしを迎え入れて、キャリーはぎゅっと彼の肩をつかみ、爪を肌に食いこませた。

なにかつぶやいて、キャリーは身を震わせた。彼女が望むものを、ロブは与えた。女性とベッドをともにしたことは何度もあったが、キャリーは特別だった。新しい年の始まりに彼女と情熱を分かちあうまで、セックスがこれほど激しく、すばらしいものだとは思っていなかった。

ロブはただ、キャリーがほしかった。彼女のすべてを味わいたかった。あまりにも原始的な欲求に支配されていることが、ロブには不思議だった。いつも冷静なのが自慢だったのに、キャリーを相手にするとまるでコントロールがきかなくなってしまう。

やがて体の中心で爆発が起きた。キャリーはあえいで身を震わせ、彼の肩に首をもたせかけた。ふたりとも呼吸は荒く、体は汗ばみ、キャリーの頬は上気していた。

「わたしたち、いったいどうしてしまったの？　これからどうなるの？」お互いに服を整えたあと、キャリーが乱れた髪に指を差し入れながらたずねた。

「ぼくはこれからリビングルームに戻る。少ししたらきみも来てくれ。そして、気分が悪いから家まで送ってほしいとぼくに言うんだ。ぼくはしぶしぶというふうに承諾して、一緒にここを出る」ロブはいったん言葉を切ってから、ふたたびつづけた。「きみの家に着いたら第二ラウンドをはじめよう。今度は音を気にせずにできる」

キャリーは口をつぐみ、考える顔をした。そしてロブの案に従うと決めたようだった。

彼女は乱暴にロブの背中を押した。「なにをのんびりしているの？　早くここから出ましょう」

9

激しい情熱を分かちあった週末が終わった。そしてふたりの体の関係も終わった。

今朝キャリーは、仕事の準備のために家に帰るロブとそれを確認し、仕事中は互いに無関心なふりをしようと伝えて別れた。しかし、実際に気持ちを切りかえるのは簡単ではなかった。

いまタクシーを降りて〈カロゼッリ・チョコレート〉のビルに入りながら、キャリーは不安をおぼえていた。ロブと親密な夜を過ごしたばかりなのに、たんなる仕事仲間だと職場の仲間に信じさせることができるのだろうか？

以前は問題ないと思っていた。ロブがいかに魅力的でも、彼のことは好きではない。無視するのは簡単だ、と。

ところが、ロブは想像以上の〝いい男《ナイスガイ》〟だった。

そもそも、キャリーはナイスガイとデートした経験に乏しかった。外見はすてきでも、少しつきあうと〝はずれ〟だったとわかり、幻滅してつきあいをやめてしまうのだ。

けれども、ロブには幻滅する要素がなかった。仕事場でロブに会うのが危険なのは明らかだ。しかし、彼とは向こう三カ月、週に五日以上、毎日顔を合わせて話さなければならない。電話やメールだけのつきあいなら、無視することもできるのに……。

しかもロブは、通り道だから毎日会社の送り迎えをしようとさえ申しでた。もちろんキャリーは断った。会社の外で会うことはできないとロブに言ったが、彼は不満そうだった。

今日は出社にタクシーを使ったけれども、そのうちにレンタカーを借りようとキャリーは考えていた。雪道の運転はほとんど経験がないので、SUVがいいだろう。できれば戦車のように丈夫な車が。

エレベーターに乗って三階のボタンを押す。エレベーターが上がるあいだに、キャリーは緊張してきた。三階で降りて受付カウンターに近づくと、受付嬢がほほえんで挨拶した。

「まずロブがお会いしたいそうです」

「ありがとう」キャリーは笑みを返した。

ロブのオフィスの前には秘書の机があり、年輩の女性がパソコンの画面から目を上げて、品定めするようなまなざしでキャリーを眺めた。どうやら敵として認定されているらしく、秘書はにこりともしなかった。

「こんにちは、ミズ・ホワイト」少しでも親しみを持ってもらおうと、キャリーは女性のネームプレートを見て挨拶した。だが、努力が報われることはなかった。

「ミセス・ホワイトとお呼びください」秘書がかたい口調で告げた。

「お会いできてうれしいわ、ミセス・ホワイト」こちらの女性とうまくやっていけるかどうかあやぶみながら、キャリーはほほえんだ。「わたしはキャロライン・テイラー。みんなからはキャリーと呼ばれているの」

「ミズ・テイラー」秘書はそっけなくうなずき、オフィスのドアをキャリーに示した。「どうぞ、お入りください」

秘書と仲よくするのはあきらめ、キャリーはドアをノックしてオフィスに入った。

ロブは机でパソコンの画面をにらみ、キーボードをたたいていた。机には湯気のたつコーヒーカップが置かれている。

「遅くなってごめんなさい。迎えのタクシーがなかなか来なかったの」オフィスにはロブのアフターシェーブローションの香りがかすかに漂っている。キャリーは髭《ひげ》をそったばかりのロブの顎に手をすべらせたくなった。もっとも、起き抜けのロブの無精髭が生えた顎も魅力的で、捨てがたいけれど。

ロブは目を上げずに言った。「問題ないよ。すまないが少し待っていてくれ」

キャリーに見えるのはモニターの裏側なので、ロブがなんの仕事をしているかわからなかった。ロブが真剣なまなざしでキーボードをたたくあいだに、彼女はオフィスを眺めた。前にここに来たときには、お互いの体を探るのに夢中で、内装に目をこらす余裕はなかった。

室内はすっきりと整頓されていた。高級なマホガニーの家具はともすれば堅苦しい印象を与えがちだが、壁にかかった家族写真やいくつもの観葉植物の鉢植えがくつろいだ雰囲気を醸しだしている。

やがてキーをたたく音が止まった。ロブは満足げにうなずいて立ちあがり、ビジネスライクな挨拶をした。「おはよう」

「今朝はどんな予定かしら？」キャリーはたずねた。仕事で頭をいっぱいにして、ロブのことを考えないようにしたかった。

「まず会議室でスタッフとミーティングをする」ロブはキャリーを見て、腕にかけたコートに目をとめた。「その前に、きみが使うオフィスに案内しよう」

ロブが先に立ち、廊下を進んだ。彼のアフターシェーブローションの香りに鼻孔を刺激され、キャリーの頭にはあらぬ想像が浮かんだ。

オフィスに入るとロブがドアを閉め、両腕でわたしを抱きしめて……。

「ここだ」ロブが廊下に並んだドアのひとつの前で立ち止まり、キャリーを見た。

ロブはキャリーを抱きしめないどころか、一緒にオフィスに入りさえしなかった。彼女がドアから入って周囲を見まわすあいだ、ロブは廊下に立っていた。

「どうかな？」ロブがきいた。

広さはロブのオフィスの半分ほどで、ごく一般的な仕事机や書棚、金属製のファイルキャビネットが備えてある。壁は白、カーペットはグレーだ。おもしろみはないが機能的で、オフィスとして短いあいだ使うには充分だった。「いい感じね」

「よかった。落ち着いたら会議室に来てくれ」

きびすを返したロブに、キャリーは自分でも気づかないうちに呼びかけていた。「ロブ、待って」

ロブが振り返った。「なんだい？」

言いたいことがたしかにあるのに、キャリーにはそれがなにかわからなかった。ロブはその場に立ったまま、言葉のつづきを待っている。しかたなく、キャリーは言った。「仕事をするのに無線ネット環境が必要なの。プリンターにアクセスするためのパスワードも」

「そういったことは会議室で相談しよう」ロブはいったん区切ってからきいた。「ほかにもなにかあるかい？」

あるわ。キャリーは心のなかで答えたが、どう言葉にすればいいのかわからなかった。彼女は無理にほほえみ、首を振った。「いいえ、ないわ」

「じゃあ、会議室で」

落胆をおぼえながら、キャリーはコートをドアの後ろのフックにかけ、バッグを机の下の引き出しにしまった。ミーティングに必要なものはすべてブリーフケースに入っていたので、それを持ってオフィスを出た。

自分の仕事の能力について疑問を抱いたことはなかったのに、会議室へと廊下を歩いているあいだ、キャリーは自信が揺らぐのを感じた。ロブとの関係が複雑になってしまったからかもしれない。体の関係は終わったが、心はまだ残っている。それが完全に消えるには時間がかかるだろう。

だが、ロブがどうかはわからない。ベッドをともにしたのはキャリーに惹《ひ》かれたからではなく、彼女の弱みを探るためだったとしたら？　彼の部署のスタッフたちの前で情事を暴露し、キャリーの面目をつぶすつもりかもしれない。

ロブに身も心も捧《ささ》げる前に、可能性としてそれを考慮すべきだった。キャリーは深呼吸して頭を上げ、肩を怒らせて会議室に入った。

テーブルにはロブのほかに三人のスタッフが座っていた。当然ロブが座っているだろうと予想していたテーブルの上手には誰もおらず、キャリーは驚いた。さらに驚いたのは、全員の笑みと、ロブのこんな言葉で迎えられたことだった。

「みんな、こちらはキャロライン・テイラーだ。これから三カ月、彼女に全面的に協力してほしい」

全面的に協力ですって？　こんなふうに迎えられるのは予想外だった。居心地の悪い思いをさせられることも覚悟していたのに。

ロブはコンサルティングを受け入れるつもりなのだろうか？

そのことでロブの魅力がいっきに増したように感じられ、キャリーはとまどった。彼には本当にいやな男であってほしかった。でも、判断するにはまだ早い。これから三カ月のあいだに、彼はやはりいやな男だったとわかるかもしれない。

キャリーは気をとりなおし、余裕のある様子を装って挨拶した。「はじめまして、みなさん。キャリーと呼んでください」

ロブがチームのメンバーを紹介した。まずアレクサンドラ・ルジャック――アルに、ウィル・クーパー、そしてグラント・ケリー。それぞれ二十代半ばから後半で、大学を卒業してから数年の若手らしい。

「座ってくれ」ロブがテーブルの上座を身振りで示した。

だが、キャリーは遠慮し、アルの隣に座って必要な書類をブリーフケースから出した。

「まず言いたいのは、みなさんと一緒に仕事ができてうれしいということよ。わたしはこの部署を引っかきまわしたり、のっとったり、誰かの評判をおとしめたりするつもりはない。チームワークこそがゴールに到達する唯一の方法だと信じているわ。お互いに全力をつくしましょう。最初の六週間はデータ分析に費やす予定よ。その結果を検討して、一緒に実現性のある計画をつくりあげるの」

疑い深い顔で、グラントがたずねた。「データ分析には本当に六週間もかかるのかな？」

「過去二十年にさかのぼることを考えると、最低そのくらいはかかるでしょうね」

三人のスタッフはみんな驚きの表情を浮かべた。

「なぜそんな過去から調べるの?」アルがたずねた。

「二十年も前のデータが役にたつとは思えないけれど」

「そんなことはないわ。考慮すべき要因はたくさんあるし、意外なところにひそんでいるものよ。見逃すリスクをおかしたくないの」キャリーは今回の調査に必要なデータとその理由を示した資料をみんなに手渡した。

内容を検討したのち、グラントが口を開いた。

「掘りさげる必要は認めるが、古いデータの分析は困難が予想されるな」

「だからこそ、みなさんに期待しているのよ」キャリーはほほえんだ。

「ぼくも期待している」ロブが言った。

彼らはその日の残りを会議室で過ごし、ランチもデリバリーでとった。ロブの仕事ぶりは公平かつ堅実で、部下の信頼も厚いことがキャリーにはわかった。

ミーティングは六時に終わり、その後はみんな退社した。キャリーは自分のオフィスに戻り、少し仕事をしてから帰宅するつもりで机についた。仕事に没頭し、ふと気づいて時計を見ると、すでに八時半になっていた。

「ひと晩じゅういるつもりかい?」

声をかけられ、キャリーが驚いて目を上げると、ロブがオフィスのドア口から顔を出していた。ジャケットを脱いでネクタイをゆるめた格好はあまりにもセクシーで、キャリーの脈がいっきに速まった。

「あなたはもう帰っただろうと思っていたわ」キャリーが言った。

ロブはキャリーの豊かな胸から視線を引きはがし、彼女の顔を見た。

キャリーのスーツのジャケットはいま椅子の背にかけてある。今日着ているスーツは初めて会社に来たときのものとは違い、体のラインを際立たせるデザインだった。タイトスカートの裾は腿のなかほどで、髪はふわりとセンスよくアップにしている。仕事ができることをアピールしながらも、女性らしさにあふれたセクシーな装いだ。

今日、そんなキャリーのそばで仕事をしていたロブは、彼女を見つめたり、彼女に触れたりしないよう自制するのに苦労した。「ぼくは毎晩、たいてい八時か九時まで会社にいるんだ」彼は答えた。

「ガールフレンドがいないのも無理はないわね」キャリーはノートパソコンを閉じた。

たしかに、それは原因のひとつではあった。ロブは片方の眉を上げてみせた。「これから帰るから、よかったら送るよ。社員はみんな退社したので、きみがぼくの車に乗るところを見られる可能性はない。乗るのをためらう理由がそれならば」

「もちろんよ」キャリーは怒った顔をした。「それ以外の理由があるかしら？」

ロブは肩をすくめた。

ふたりの関係は終わったと、キャリーは主張している。いくら体の相性がよくても、ロブを好きではないと。しかしロブには、キャリーは彼女自身が思っている以上に彼に惹かれているように感じられた。

キャリーのような女性には、いままで会ったことがなかった。今日一日、ロブは彼女の意思を尊重して、なるべく距離をおくようにしていたが、それももはや限界だった。

「だったら、家までぼくの車に乗るのを拒否する理由はないな」ロブは言った。

「そうね。ただ乗るだけなら……」

挑戦的な目で、ロブはキャリーを見た。「ほかになにがあるんだい？」

キャリーは背筋を伸ばし、顎を上げた。「十分後にエレベーターで会いましょう」

「十五分後にしよう」ロブは言った。

「いいわ、十五分後ね」キャリーは怒った顔で同意した。

ロブは自分のオフィスに戻っていくつか仕事をこなし、二十分ほど過ぎてからエレベーターホールに行った。キャリーはすでに待っており、ロブが遅れたことを責めはしなかったが、かなりいらだっているのがわかった。

キャリーをじらすのはじつに簡単だ。

ふたりはエレベーターに乗りこんだ。駐車場のある階で降り、冷たい空気のなかを歩いた。

キャリーは厚いコートの下で身を縮めた。「この寒さに慣れる日はこない気がするわ」

「帽子をかぶるといい」ロブは言った。「それから、断熱効果の高いブーツを手に入れることだ」

「試してみるわ」キャリーはロブと並んで彼の車へと歩いた。

駐車場には一台しか残っていない。ロブが自分のエスカレードに近づくと、キャリーはいぶかしげにきいた。

「メルセデスはどうしたの？」

「今日は雪の予報だったからＳＵＶにしたんだ」

ふたりは車に乗りこんだ。エンジンがかかり、車内に暖房がききはじめると、キャリーが運転席のロブを見た。「お礼を言うわ、今日のことで」

「気にしないでくれ」ロブはセキュリティゲートを通って車を駐車場から出し、通りに乗り入れた。「ところで、きみはなにに対して礼を言っているんだい？」

「会議室に入ったときに、受け入れる姿勢を見せてくれたことに。そしてわたしへの信頼を表してくれたことに。これで仕事がスムーズに進むようになるスタッフの前でおとしめるようなまねは、ロブにはできなかった。

「正直に言うと、少し困惑しているの」キャリーが言った。

「なぜだい？」

「あなたがナイスガイだから」

ロブは苦笑した。「きみが喜んでくれるなら、ばかなまねだってできるよ」

「そこなのよ」キャリーはため息をついた。「あなたはどんなことをしてもナイスガイなんだわ」

「だから困惑しているのかい？」

「ええ、ちょっとね」

彼女はなんて率直なのだろう。本当に、キャリーはすべてにおいてほかの女性とは違う。それはたしかだった。

わ」

「きみのためにしたわけじゃない」ロブはそう答えたが、キャリーとまた体を重ねたいという下心があったことは認めないわけにはいかなかった。キャリーを困難な立場に追いこめば、ふたりの関係は完全に終わってしまうだろう。「ぼくはまだ、会社がきみを雇ったことに納得はしていない。時間と金の浪費だと——」

「いままでわたしが失敗したことはないわ」キャリーはロブを遮り、強い口調で言った。「過去の実績はあなたも知っているはずよ」

「ああ」ロブはつづけた。「契約を結んだ以上、仕事が終わるまできみが去ることはない。だったら、協力して早く仕事を終わらせるのが賢明だ」

それに、キャリーと一日ともに仕事をしてみて、彼女の有能さが改めて確認できた。コンサルティングのプロとしての彼女を、自分のプライドのために

10

ロブはキャリーにちらりと目をやった。「それで、きみはナイスガイが嫌いなのかい？」

「そうは言っていないわ。ただ困惑させられるの。きっとわたしが慣れていないせいね。いままでつきあったのは問題のある人ばかりだったから」

「そういう男を相手に選ぶのはどうして？」

キャリーは肩をすくめた。「さあ。ただそういう男性に惹《ひ》かれてしまうのよ。遺伝かもしれないわ。母もそうだった。わたしの父親は別だったけれど」

「問題のある人を好きになるのが遺伝するって？なぜそんなふうに思うんだ？」

少し考えてから、キャリーは口を開いた。「わたしの祖母は、昔からあまりお酒を飲まなかったの。お酒が人生の助けになることはないものね。でも、母は……」

「酒に助けを求めたのか」

キャリーはうなずいた。「わたしの父は軍人で、湾岸戦争で命を落としたの。母は父を失ったことに耐えられなくて、お酒におぼれるようになった。まともな生活が営めなくなり、母とわたしは祖母を頼って実家に住まわせてもらうことにしたの」

言葉を切り、キャリーはため息をついた。

「夕食が終わると母はバーに行き、閉店まで粘る。明け方帰宅して、わたしが学校から戻るまで眠って、また夕食のあとでバーに戻っていく。義理の父、ベンに出会うまでそんな感じだったわ。ベンは母より年上で、別れた妻とふたりの成人した子供がアリゾナにいた」

「それで、ベンは問題のある人だったのかい？」ロブはたずねた。

「初めのうちはすばらしい人だと思ったのよ」キャリーは肩をすくめた。「母の面倒を見て、わたしにも関心を払ってくれた。映画館やアイスクリーム店に連れていってくれたり、宿題を手伝ったりしてくれたのよ。でも、ベンの家に住むようになってふた月もすると、様子がかわりはじめたの」

言葉を切って、キャリーは当時のことを思い返した。

「ベンもアルコール依存症だったのよ。とくに週末は底なしに飲んで過ごすだけだったわ。しかも、飲むと荒れる人だったから……口答えするとたたかれた」

ロブが驚いたようにキャリーを見た。「きみは義理のお父さんから暴力をふるわれていたのか？」

キャリーは小さくうなずいた。「あなたも気づいていると思うけれど、わたしは自分の意見をはっきり言うタイプだから、何度もたたかれたわ」

「きみのお母さんは止めなかったのかい？」

苦い笑みを浮かべて、キャリーは首を振った。

「一度は止めようとしたけれど、義父が暴れたので、母はなにも言わなくなった」

「彼はきみのお母さんも殴ったのか？」

「殴る必要はなかったわ。母は義父の頼むことはなんでもして、議論はしなかったから。その点に関しては、母は完璧な妻だったと思う」

ハンドルを握るロブの手に力が入ったようだった。

「そのことをきみのおばあさんには話したのか？」

「いいえ。言えなかったの。病気がちだった祖母には母の世話は重荷だったから、母の再婚をとても喜んでいた。ベンの本性を祖母に伝えて、心配させたくなかった。それに、義父には自分で対処できると思ったのよ。うまくいっていたわ。十六歳のときまではね」

「なにがあったんだい？」

「義父と大喧嘩《おおげんか》をしたの。門限を三時間過ぎて帰宅したら、義父が玄関で待っていた」

その後の展開は想像がつくというように、ロブは眉をひそめた。「それで？」

「少し話したの。その夜、わたしがいつもより反抗的だったのは否定しないわ。汚い言葉を使ったら、義父は激高してわたしの頬を思いきり平手で打った。わたしはめまいがして倒れた。唇は切れ、頬にくっきりと手形がついたわ。警察を呼ぶとわたしは言った。度が過ぎたことを、義父はわかっていたのだと思う。車に飛び乗って出ていって、その晩は帰らなかった」

キャリーは言葉を切り、深呼吸をしてからつづけた。

「翌朝六時に警察が来て、義父が自動車事故で亡くなったと知らせてくれたわ。道路ぎわの木に激突したのよ。車内にウイスキーの空き瓶があったので飲酒が原因と疑われたけれど、解剖の結果、心臓発作を起こしたことがわかった。それに肝硬変も進行していたから、生きていてもあと数年だったはず」

「そうか」ロブは小さくため息をついた。「きみのお母さんはつらかっただろうね」

「そうでもなかったみたいよ。義父が加入していた五十万ドルの保険金と、投資していた五万ドルのおかげでしょうね。母は家を売って、ビーチのそばにコンドミニアムを買ったの。いまは幸せそうよ。でもわたしは母とあまり話したくないの。罪悪感のせいで、母はわたしと話すと酒量が増える。それでわたしはまた怒りをおぼえる。悪循環よね。だから母とはあまり話さないようにしているわ」

「親と会話をしないなんて、想像できないな」信号が赤になり、ロブは車を止めた。「もっとも、うちは家族経営だから、会話も仕事の一部という面はあるが」

「〈カロゼッリ・チョコレート〉でどれくらい働いているの？」キャリーはきいた。

「公式に雇われたのは十三歳だ。店舗のひとつでアルバイトを始めたんだよ。でも実際は、物心ついたときから会社は人生の大きな部分を占めていた。本社に来たのは大学を卒業後だ」

「それからマーケティング畑ひと筋？」

ロブは笑って首を振った。信号が青になり、ふたたび車を走らせる。「まず配属されたのは郵便室だった。その後、マーケティング部門に落ち着くまでにいくつかの部署を経験した」

キャリーは驚いた。「あなたはマーケティングの学位を持っているのに、会社は郵便室から始めさせたの？」

「うちは身内だからと特別扱いするようなことはない。給料もそうだ。会社を辞めてマーケティング会社に転職すればもっと稼げるとわかっているが、そんなことをするつもりにはなれない」

「会社を愛しているのね」キャリーはうなずいた。

「あなたの一族で、〈カロゼッリ・チョコレート〉で働いていない人はいるの？」

ロブは車をキャリーの住まいのある通りに乗り入れた。「トニーの妹のクリスティーン、それにニックの姉のジェシカは専業主婦だ。でも、彼女たちも人手が足りないときや〝チョコレート・ホリデー〟には店を手伝っているよ」

「クリスマス、感謝祭、ハロウィーン、復活祭にバレンタインデーね」キャリーは言った。

「よく勉強しているな」ロブがほほえんだ。

キャリーはすまして言った。「当然でしょう？チョコレート業界についてわたしがどれほどの知識を持っているか知ったら、きっとびっくりするわよ」

車が私道に入るとすぐ、キャリーは異変に気づいた。

「リビングルームに明かりがついているわ」

ロブはフロントガラス越しに前方を見て眉をひそめた。「タイマーをつけているのかい？」

「いいえ。それにわたしが今朝、家を出たときにはついていなかったわ」

「たしかかい？」

「もちろんよ」キャリーは一瞬、むっとした。明かりをつけっぱなしにしたのに思いだせないのではないかと、非難されたように感じたのだ。だが、それは考えすぎというものだろう。自分は無意識にロブに評価されていないという証拠を探して、彼とは合わないと思いこみたいのかもしれない。

「きっと幽霊がつけたんだろう」建物の前で車を止めると、軽い口調でロブが言った。

キャリーが鋭い目でにらむと、ロブは肩をすくめた。

「冗談のつもりかもしれないけれど、笑えないわよ」

ドアがひとりでに開くのも変だが、明かりがひとりでにつくのはもっと変だ。超常現象というよりは窃盗犯が侵入したという可能性のほうが高い。

キャリーはガレージの扉を開けるリモコンをバッグから出し、ボタンを押した。誰がいるにせよ、この音を聞いたら玄関から出てくるだろう。

だが、誰も出てこない。キャリーの胸はどきどきしはじめた。

「不安そうだね」ロブが言った。

「あなたは違うの？」

「地下室に幽霊がいるなら別だが」

キャリーは返事をせず、目をぐるりとまわしてみせた。

「万一に備えて、一緒になかに入ろうか？」ロブが申しでた。

キャリーはためらった。ロブのことは好きではないと、彼女は自分に言い聞かせた。だがセクシーな無精髭《ひげ》も、熱っぽいまなざしも、鍛えられた体も、魅力的なのは否定できない。家でふたりきりになったらどうなるだろう？

けれども、いま家には強盗がいるかもしれないのだ。家に入ったところをいきなり刃物で刺されたら？

無残な死と、禁じられた最高のセックス。いったいどちらが悲惨だろう？

どうすればいい？

「いやでなければお願いするわ」キャリーは言った。「万一に備えて」

「いやなら申しでないよ。もし何者かが侵入していたら、ガレージの扉が開いた音が警告になっただろう」

ふたりは車から降りた。

「ぼくが先に行く。ガレージから入ろう」ロブが言い、歩きだした。

自分の臆病さを恥ずかしく思いながら、キャリーはロブのあとについてガレージを横切った。さすがにロブのコートにすがりはしなかったものの、あまりにもぴったりとくっついていたので、彼が家につづくドアの前で立ち止まったときにぶつかりそうになった。

「鍵をくれ」ロブが片手を出した。

「ああ、そうね」キャリーはバッグを探り、鍵をとってロブに渡した。そして九一一に緊急連絡する事態に備え、携帯電話もとりだした。

ロブがドアの鍵を開け、押し開けた。地下室のドアは開いていていて、キャリーは内心でため息をついた。ロブのあとから家に入ったのち、彼女は地下室のドアを閉めた。このドアがひとりでに開くことにも、もう慣れてしまった。次に見たときにまた開いていたとしても驚かないだろう。ほかにかわったことは起きていないので、無視すればいい。

ふたりは廊下を歩き、キッチンに足を踏み入れた。最初にキャリーが目を引かれたのは、カウンターの上のワインボトルだった。栓が抜かれ、半分ほどあいている。

「片づけなかったのかい？」ロブがたずねた。

キャリーは首を振った。「冷蔵庫に入れておいたものよ」

ロブは革手袋を片方とり、ボトルに触れた。「まだ冷たい」

キャリーは顔をしかめた。家に押し入ってワインを飲むなんて、いったい何者だろう？

「きみがたばこをたしなむとは知らなかった」ロブが言った。

「たばこは吸わないわ。なぜそんなことを？」

ロブが指さしたキッチンのテーブルには、たばこの箱と使いこまれた金属製のライターが置かれていた。ライターには見おぼえがあり、キャリーは安堵《あんど》のため息をついた。強盗ではなくてよかったが、生活について説教されることになりそうだ。

「アリス！」キャリーは大声で呼んだ。「出てきなさいよ！」

アリスだって？

ロブはキャリーを見つめた。アリスとはいったい誰なんだ？

ロブがたずねる前にキッチンのドア口から女性が現れた。身長はロブと同じくらい高く、やせすぎと言えるほどスレンダーだ。シルクのようにつややかな漆黒の髪が顔を縁取っている。女性の容姿は美しいというより個性的で、人ごみのなかでひときわ目立つタイプだった。

「ロブ、こちらはわたしの親友、アリスよ」キャリーが言った。

キャリーとレストランに行ったときにその名前を聞いたことを、ロブは思いだした。だが、シカゴに住んでいるとは思っていなかった。

「ロブ?」アリスは値踏みするような目でロブを眺めてから、真っ赤な唇をかすかに曲げてほほえんだ。「ロバート・カロゼッリ、またの名をミスター・大みそか?」

「本人だ」ロブが苦笑しながら答えると、アリスが近づいてきた。

彼女は少し足を引きずっており、服装はロングチュニックにレギンス、はき古しのバレエシューズまでが黒で統一されている。

差しだされた指の長い繊細な手を、ロブは握った。

「ここでなにをしているの、アリス?」キャリーがたずねた。

「ここ数日あなたから連絡がないから、なにかあったんじゃないかと思って……」アリスは鋭いまなざしをロブに向けた。「なにかあったのはたしかなようね」

「ロブはただ家まで送ってくれただけよ。わたしはまだ車を借りていないから」

アリスが疑わしそうに目を細めた。「いつも彼を家のなかに入れるの?」

「リビングルームの明かりがついていたから、何者かが侵入したのではと思ったのよ。不安だから彼に先に入ってもらっただけ」キャリーは親友をにらんだ。「あなたはどうやってなかに入ったの?」

アリスはにっこりほほえんだ。「あなたはいつもスペアキーを玄関のそばに置いているでしょう。つきあいが長いから、それくらい知っているわ」

ロブがキャリーを見た。「玄関のそばにスペアキーを置いているのかい？」

キャリーは首を振った。「いまはしていないわ。本当よ」

アリスはほっそりした長い腕を、ほとんど盛りあがりのない胸の下で組んだ。「あなたは約束したはずなのに」

なにを約束したのかと、ロブは好奇心を抱いた。だがキャリーはそれには答えなかった。

「あなたはまたたばこを吸いはじめたのね」

「わたし、捨てられてしまって」アリスが淡々とした口調で返した。「それで、あなたの言い訳は？」

キャリーからの返事はなく、アリスは肩をすくめた。

「監視が必要みたいね」

「終わったのよ」キャリーは口早に言い、ロブを見あげた。「わたしたちの関係は終わったと、アリスに言って」

ロブはアリスを見て、またキャリーに目を戻し、ようやくふたりの女性の会話の意味を理解した。

「ぼくが悪者にされそうだから、発言は控えるよ」

キャリーはため息をつき、アリスを見た。「レックスに捨てられたって、本当なの？」

うなずいて、アリスはなめらかな黒髪を肩の後ろに払った。「いずれそうなるとわかっていたわ。最近のレックスは、家にいても心ここにあらずという感じだった。数日前に、わたしのショーモデルとしてのキャリアは終わりそうだとレックスに話したの。それで彼はもう甘い汁を吸えないと思って、わたしを見かぎったんでしょう」

「キャリアが終わりそうって、どういうこと？」キャリーは驚いた様子でたずねた。「脚はよくなっているんじゃなかったの？」

「あなたに話したときは楽観的だったのかもしれない。実際、機能は回復するだろうとドクターには言われていたわ。でも、理学療法の効果が思わしくなくて……。再手術が必要になりそうなの」

「ああ、アリス」キャリーはコートを脱いでアリスに近づいた。「なんてこと」

「大丈夫よ」アリスは言った。「雑誌やカタログの仕事はできるわ。再手術が失敗しなければね」

キャリーはロブのほうを向いた。「アリスはとても人気のあるショーモデルなの」

「もう過去のことよ」アリスが言った。

キャリーはため息をついた。「シカゴにはどれくらいいる予定?」

「あなたによるわ。どれくらいここにいさせてもらえる?」

「好きなだけどうぞ。書斎の家具を移動して、ベッドルームにすればいいわ」

「そんなことをしなくても、ソファで充分よ。大学時代に戻ったみたいになるわね」

アリスは陽気な口調で言ったが、笑みがぎこちないのはロブにもわかった。

アリスが視線をロブに向け、上から下まで眺めた。「キャリー、例のヘアバンドも復活させましょうか?」

ロブはまばたきした。「ヘアバンド?」

「大学でアリスとルームメイトだったころのルールよ」キャリーが説明した。「どちらかが男性を連れてきたら、ドアにヘアバンドをかけるの」

「ああ、なるほど」

キャリーはアリスを見た。「でも必要ないわ。言ったでしょう、わたしたちの関係は終わっているって」ロブのほうへ顔を向けてたずねる。「終わったとアリスに言ってくれない?」

ロブは眉をひそめてみせた。「つまり、きみたちは学生時代にずいぶん部屋に男性を連れてきたんだな?」

「さあ、どうかしら」アリスはふたたびロブを上から下まで眺めた。「ねえ、キャリー。もう一度彼とベッドをともにしてみたら？　もっと……できることがあるでしょう？」

「そうね」

キャリーにもアリスと同じような目つきで眺められ、ロブは自分が厚切りの肉になったような気がした。「じゃあ、ぼくはそろそろ行くよ」彼は早口で言った。「アリス、会えてうれしかった。キャリー、明日、会社で会おう」

「一緒に来てくれてありがとう」キャリーはガレージへとロブを送りながら言った。

地下室のドアは、キャリーがしっかり閉めたにもかかわらず、また開いていた。

「明日は、本当に迎えに来なくていいのかい？」ロブはたずねた。

「大丈夫よ、ありがとう」

ロブは別れのキスをしたかったが、やめておいた。キャリーは拒否しなかっただろう。だが、彼女のほうから求めてくるまで待とうと思った。準備ができれば、キャリーは必ず自分のところへ来る。それまで辛抱しなければならない。

車に乗って自宅へ向かいながら、ロブはほほえんだ。ひとつわかったことがあった。アリスのような友人がそばにいると、人生はおもしろいだろう。

11

コーヒーを飲むために休憩室へ行く途中で、キャリーはロブのオフィスを通りすぎた。本当に用事がないかぎりロブには会わないと決意していたが、ゆうべ家に寄り、おびえていた彼女の先に立ってなかに入ってくれたことへの感謝を伝えないのは、礼儀に反するように思えた。

キャリーはロブのオフィスの外にある秘書の机に立ち寄った。今日はミセス・ホワイトではなく、四十代後半と思われる美しいブロンド女性が座っていた。クリーム色のパンツに包まれた脚は長くすらりとしていて、座っていても長身だとわかる。

ミセス・ホワイトは病欠かなにかで、ほかの部署から臨時に来ているのだろうと、キャリーは考えた。

「すみません、ロブに会えるかしら?」キャリーは女性に話しかけた。

「あら。ライバル登場かしら」かすかなフランス訛《なま》りのハスキーな声で、女性が言った。「どちらが彼をとるか、戦って決めましょうか?」

戦う? キャリーはまばたきした。これはなにかの冗談なのだろうか?

机の電話が鳴った。キャリーは女性が応対するのを待ったが、女性は電話を無視している。ということは、彼女は他部署から来ている社員ではないのだろう。

「わたしはただロブと少し話したいだけなの」キャリーは言った。「また来るわ」

「あなたはキャロライン・テイラーね?」

「ええ」

あなたは誰ですかと、キャリーはききたかった。

優雅で上品なこの女性を見ると、ロブは年上の女性が好みなのだろうと思えた。

「あなたのことはロブや彼の父親から聞いているわ。会社を救いに来てくれた方でしょう？」

「たしかに、そのお手伝いができればと思っているけれど……」ほかになにを言うべきかわからず、キャリーは口ごもった。「ロブに会ったら伝えてもらえます？　その……わたしとのことは気にしないで、と。たいしたことではなかったって」

女性はほほえんだ。「ごめんなさい、ちょっとからかっただけよ。ロブはいま父親のオフィスにいるわ。すぐに戻ってくる」机の向かいにある椅子を手振りで示す。「座って。一緒に待ちましょう」

ここで待つか立ち去るか。キャリーが悩んでいるあいだにロブが戻ってきて、ブロンド女性からキャリーに視線を移した。

「もう自己紹介はすんだようだね」ロブが言った。

「あの、わたしたちは——」

言いかけたキャリーを遮って、ブロンド女性がロブにきいた。「お父さんの準備はできている？」

「あと二、三分待ってほしいと言っていた」

「予想はしていたけれど」女性はため息をつき、キャリーのほうを見た。「夫にはいつも待たせられているのよ」

夫ですって？

ロブの父親が夫なら、この女性はロブの母親ということになる。年齢はおそらくキャリーの想像より上なのだろう。でなければ、中学生のときにロブを産んだことになってしまう。それにしても、こんなに美しいブロンドの女性にロブのような黒髪の息子が生まれるなんて。ロブは明らかに父親の遺伝子を濃く受け継いでいるらしい。

「すまない、用件はなんだい？」

ロブにきかれて、キャリーはわれに返った。「もういいわ、たいしたことではなかったの」

実際、用事などなかった。ここに来るべきではなかったのだ。

「ふたりで話しなさいよ」ロブの母親が言った。「わたしは夫をオフィスから引っ張りだせるかどうかたしかめに行くわ」

立ちあがった女性は、キャリーの思ったとおり長身で、息子より三センチほど低いだけだった。

「お会いできてよかったわ」ロブの母親はキャリーと握手をした。そしてロブの頰にキスして、優雅な足取りで歩み去った。

キャリーはロブを見あげた。「あちらはあなたのお母さまなのよね？」

「母はきみに名乗らなかったのか？」

「どちらがあなたをとるか、戦って決めましょうかときかれたわ」

ロブはほほえみ、首を振った。「母のユーモアのセンスは独特でね」

キャリーは不安になってたずねた。「お母さまも知っているの？」ロブの母親は、キャリーの仕事の内容を承知していた。息子とのプライベートな関係についても知っているのでは？

「知っているって、なにを？」きょとんとした顔で、ロブがきいた。

キャリーは声を低くしてささやいた。「新年についてよ。あなたとわたしの」

ロブは顔をしかめた。「母にはなにも話していない」

「ごめんなさい。フランス人はそういう方面に寛容だと思ったから」

ロブは机の端に腰をもたせかけた。「母はフランス人じゃない。ケベック出身なんだ。ともかく、女性との関係を母に話したことはないよ。たぶん母は、まだぼくが未経験だと思っているんじゃないかな」

「それはないとわたしは確信しているけれど」

ロブは片手で頬を撫《な》でた。「そもそも、きみはなぜここに来たんだ？　たしかきみは、仕事中は互いに無関心なふりをしようと言ってたはずだ。気がかわったのなら歓迎するが」

魅惑的な笑みがロブの顔に浮かび、キャリーは見とれてしまいそうになった。

「仕事のことで来たのよ、もちろん」キャリーはあわてて言い訳した。「でもお母さまにお会いしたら、なんの用で来たかすっかり忘れてしまったの」

ロブはにやりとした。「ただぼくが恋しくなっただけじゃないのかい？」

「そんなわけないでしょう」キャリーは頑として否定した。そして、これからは仕事のことでなければロブのオフィスには来ないとかたく決意した。

三日後、ロブはスタッフとのミーティングのために会議室にいた。遅れているキャリーとグラントを待つあいだ、ロブは〝ナイスガイ〟について考えていた。〝だから困惑している〟とキャリーに言われたことが、気になってしかたがなかった。

「きみたちはぼくがナイスガイだと思うかい？」すでにテーブルについていたアルとウィルに、ロブはたずねた。

「もちろんです」ウィルが答えた。

「さあ、どうでしょう」アルは肩をすくめた。「まあまあというところでは？」

ロブはじっとアルを見た。

アルがにやりとして言った。「冗談ですよ。もちろんあなたはナイスガイです」

「それが悪いことになるのは、どんな状況だと思う？」

混乱したような顔で、アルがたずねた。「ナイスガイなのが悪いことになるんですか？」

「ぼくの場合はね」

「キャリーとなにかあったんですか?」

ずばりとウィルにきかれて、ロブはまばたきした。

「なぜそう思うんだ?」

「あなたのお相手ですから」

「ウィル!」アルが肘でウィルをこづいた。

しばらくのあいだ、ロブはなにも言えなかった。ようやく気をとりなおし、ウィルを見た。「ニックかトニーからなにか聞いたのか?」

「聞かなくてもわかります」アルが答えた。

「そのとおりです」ウィルが同意した。「おふたりの関係は明らかですから」

ロブには明らかではなかった。「どうしてだ? ぼくとキャリーはろくに話もしていないのに」

「ええ、たしかに」ウィルはうなずいた。

アルが咳払《せきばら》いをした。「おふたりは馬が合わないふうに見えますが、それは演技だとわかります。だって、お互いを見る視線が……」

口ごもったアルを、ロブは促した。「なんだ?」

アルのかわりにウィルが答えた。「すごく熱いんです」

ロブがなにも言えずにいるうちに、グラントがコート姿のまま駆けこんできた。

「遅れてすみません。今朝は渋滞がいつも以上にひどくて」グラントはコートを脱ぎ、椅子の背にかけた。「ロビーでキャリーに会いましたよ。オフィスに寄ってから来るそうです」

「いまちょうど、キャリーとロブの関係について話していたんだ」ウィルがグラントに言い、またアルにこづかれた。

「関係? ああ、なるほど」グラントはうなずきながら席についた。

ロブは驚いてまばたきした。部下たちにも〝明らか〟なら、ほかの人にはどうなのだろう?

そのとき、キャリーが会議室に入ってきた。「おはよう！」

誰も、なにも言わずに互いの顔を見交わした。

キャリーはコーヒーをカップにつぎ、会議室のテーブルにフォルダーを置いて椅子に座った。そして会話のないことに気づいたらしく、不審げにみんなの顔を見た。「なにかあったの？」

誰も答えない。

ロブは慎重に口を開いた。「どうやらみんなは、きみとぼくがつきあっていると思っているらしいんだ」

キャリーはまばたきした。「なんですって？」

「ぼくたちだけじゃない」

ウィルが言うと、アルが遠慮がちにつけ加えた。

「たぶん、会社の人はみんなそう思っているわ」

「なぜ？」キャリーは神経質な口調でたずねた。

ウィルが肩をすくめた。「自分でうなじにキスマークをつけることはできないからね」

「ウィル！」アルがウィルをにらんだ。

キャリーははっとしたように片手を首にやり、ロブと視線が合うとすぐに目をそらした。

ロブは心中で悪態をついた。たしかにそれは自分のしたことだった。最後にキャリーとベッドをともにしたとき、彼女が仕事中は髪をアップにすることなど考えもせずに、目立つところにしるしをつけてしまったのだ。それに他人が注目するなどとは、思いもしなかった。

「ヘアアイロンでやけどしたのよ」

キャリーの反論は、ロブの妹のメガンが高校時代に使ったものと同じだった。そんなへたな言い訳は誰も信じないだろう。

「もしそうだとしても、ロブの態度の変化を見れば明らかだよ」ウィルが言った。

「態度の変化って？」キャリーがきいた。

「当初、コンサルタントの助けなど必要ないとロブは公言していた。でも突然、積極的な受け入れにかわった。みんなはその理由を考え、結論を出したんだ」

キャリーは頬を真っ赤にして、石のようにかたまっていた。ロブにはウィルの言わんとすることがはっきりわかった。

あきれたように、アルが目をぐるりとまわしてみせた。「わたしの同僚は口が軽いけれど、誤解はしないでね、キャリー。ロブと関係を持つことで仕事を有利に進めようとしているなんて、ほのめかしたわけではないのよ」

ウィルはみるみる青ざめた。「ああ……キャリー、もちろんそんなつもりはないよ。まったく」

「心配はいらないわ」

そうキャリーは返したが、傷つき、プライドが打ち砕かれたのは明らかだった。

ロブは、部下たちの抱いている疑いを公にすれば状況を改善できると、軽く考えていた。冗談として受け流せると。だが、それは間違いだった。

「キャリー、プライベートに口をはさんですまなかった」重苦しい沈黙のなか、グラントが口を開いた。「だが、言わせてほしい。ぼくたちはただ、ロブがとても幸せそうなのがうれしかっただけなんだ。きみがうちに来てからのことだから、きみとなにかあったのだろうと思って」

「じゃあ、わたしにも言わせて。ロブとはつきあっていないわ」

キャリーの口調は穏やかだったが、怒りを抑えているのがわかり、ロブは不安をおぼえた。

「みんな、ぼくたちに数分くれないか？」彼はメンバーの顔を見て言った。

「もちろんです」すぐにアルが答え、立ちあがった。

ロブとキャリーを残してスタッフが出ていき、ドアが閉まった。キャリーは席を立ち、窓のそばに行って通りを見おろした。

ロブも立ちあがり、静かに言った。「すまなかった。彼らをあおるようなことを言うべきではなかった」

ロブに背を向けたまま、キャリーは首を振った。

「いいのよ。陰で笑われていることは知っておきたいから」

「彼らは陰で笑ってなどいないよ」

「そんなことがどうしてわかるの?」キャリーはロブのほうに向きなおった。声には怒りがこもっている。

「ウィルには少し、不用意にものを言う傾向があるんだ」実際、このばかげた会話の口火を切ったのもウィルだ。

「彼にそのつもりはなくても、多くの人がきっと同じことを考えているわ。わたしは仕事で有利になるためにあなたをベッドに誘ったんだって」

「きみの仕事ぶりは優秀で誠実だ。自身の利益のためにそんなことをするなんて、誰も思っていないよ。グラントの言葉を聞いただろう? つまり、みんなはぼくたちのことを応援してくれているんだ」

「なんてこと」

「それが真実だ」

「もしそうだとしても」キャリーは皮肉っぽく言った。「期待には応えられないわ」

「わかっている」ロブはため息をついた。「だが、友情を保つことはできる」

「いいえ、無理よ。いまの状況では、友情以上のものがあると思われるのは確実だもの」

ロブは肩をすくめた。「他人にどう思われるかがそんなに問題かい?」

「わたしにとってはね」キャリーはロブをにらんだ。「あなたのような人に理解してもらおうとは思わな

「ほら」ロブはキャリーに近づき、写真を渡した。

「この子を見てくれ。完璧にはほど遠いだろう？」

いぶかしげに写真を眺めたキャリーは、やがて目を見開き、口をあんぐりと開けた。「まあ。これはあなたなのね？」

ロブはうなずいた。「いまとはだいぶ違うだろう？」

「その、あなたはとても……」

「遠慮しなくていい。ぼくは高校時代まで、ほかの子より体重がかなり重かった。そのせいでずいぶんからかわれたよ」

「基礎代謝が低かったのかしら？」

ロブは笑った。「いや、食べるのが好きだったんだ。いまもそれはかわらないが、子供のころと違ってコントロールする方法を知っている」

子供時代、ロブはずっとコンプレックスに苦しめられていたのだ。


いけれど」

「ぼくのような人？」

「ハンサムで裕福で、みんなから尊敬されて。おまけにベッドでもすばらしい。わたしはいままで、あなたほど完璧に近い男性に会ったことはなかったわ。だからこそ、ひどい劣等感をおぼえてしまうの」

「ばかげている」

「そうかもしれない。でも、そう感じてしまうんだからどうしようもないわ」

「違うんだ、キャリー」ロブはあわてて、スラックスのポケットから財布を出した。「ぼくがばかげていると言ったのは、きみの劣等感についてじゃない。ぼくを完璧に近いなんて思うことについてだよ」

ロブは財布から数枚の写真をとりだした。それらはいつも財布に入れていて、なにか体に悪いものを食べたくなったり、朝の運動をおろそかにしたりしたときに見ている。

「友人たちや家族はありのままのぼくを認めてくれていた。ぼくも体形など気にしないふりをしていたが、正直なところ、好きになった女の子がほかの男子とデートしているのを見るのはつらかった」

「かなり気にしていたということね」

「十代だったからね」ロブは苦笑した。

「やせようと思ったことはあるの？」

「いつも思っていたよ。さまざまなダイエットを試したものだ。始めて数週間はうまくいって体重が落ちるんだが、やがて根気がつきて体重も戻ってしまう。その繰り返しだった。結局、減量というのは生活様式を完全にかえることだと悟るまでに、かなりの時間がかかってしまった」

キャリーはにやりとした。「でも、ちゃんとやりとげたんでしょう。いまのあなたの体は……すばらしいわ」

ロブは肩をすくめてみせた。「努力の成果さ。だが、目標の体重に達しても、コンプレックスが完全に消えたわけではないんだ。ときどき、またもとに戻るのではないかと不安になる」

キャリーはほほえみ、写真をロブに返した。「外見がかわっても、あなたはあなたよ。大事なのは内面だわ」

「正直に答えてくれないか」ロブは写真の一枚をキャリーに示した。「この高校時代のぼくとデートする気になれるかい？」

キャリーは片方の眉を上げた。「見た目や体重で相手を判断するのは、相手ではなく判断するほうに問題があるのよ。あなたが苦しんでいたことも知らずに、〝完璧に近い〟なんて判断したことを謝るわ」

うなずいて、ロブは写真を財布に戻し、ポケットにしまった。「悪口には慣れている」

「ねえ、あなたは自分がどれほどすばらしいかわかっているの？」あきれたような口調で、キャリーはきいた。「それに、ただ外見のことを話しているのではないわ。あなたの全部をひっくるめてよ。つまらない男とつきあったことがある女なら、誰でもわかることだわ」

「それでもきみは、ぼくとつきあうつもりはないんだな」

「正直に言うと、あなたにはわたしよりもっとふさわしい女性がいると思う。わたしは結局、相手を混乱させてしまう。あなたを傷つけたくないのよ」

キャリーは冷静で、自らが望むもの、自らに欠けているものを熟知している。これほど聡明《そうめい》な女性がが自分に自信を持てないのは不思議だ。だがロブにできるのは、これ以上キャリーの気持ちを沈ませないようにすることだけだった。

「ぼくたちの関係について、うちの社員がきみになにか言うとは思えない。だが、そんなことになったらぼくが責任を持って対処するよ」

キャリーは首を振った。「事態がますます悪化するだけよ。問題が起きたら自分でなんとかするわ」

「わかった」ロブはひと呼吸おいてから言った。「じゃあ、ほかのメンバーを呼び戻そうか。父とおじのトニー・シニアが、今日じゅうになんらかの報告がほしいらしいので、いまは面倒を起こしたくないんだ」

「そうね。ところで……わたしには関係ないことだけれど」キャリーは遠慮がちに言った。「あなたのお父さまとトニー・シニアのあいだには、溝があると感じるの」

ロブは眉をひそめた。「ふたりのあいだには、以前から多少わだかまりのようなものがあったんだ。ここ数カ月はそれがエスカレートしているような気がする。父は問題ないと言っているが、トニー・シニアとの関係が悪化しているのはたしかだろう」

「その理由はなんなの？　差し支えなければ教えて

もらえない？」

「ふたりが子供のころから、いろいろとあったようだ」ロブはため息をついた。「少年時代の父はやんちゃでね。頭はよかったが、学校ではよく問題を起こしていたらしい。法に触れることもしたようだ。ノンノは——」

「ノンノ？」

「イタリア語で祖父のことだ」

キャリーはうなずいた。「ジュゼッペ・カロゼッリね」

「ああ。祖父はイタリアからの移民だから、古い伝統を大切にしている。父はそれに反抗し、おまけに家族の仕事を手伝いたがらなかった。とうとう祖父も我慢の限界に達して、父がバーでの喧嘩《けんか》で逮捕されると、父に選択を迫ったんだ。刑務所に入るか、軍に入るかを。父は軍を選んだ」

「愛の鞭《むち》というわけね」


「まあ、鞭打つほうもきつかっただろうね。祖父だけでなく、祖母にも」

「あなたのお父さまにはいい影響があったのは明らかね」キャリーは言った。

「たしかに」ロブは大きくうなずいた。「除隊してから父は大学に復学し、主席で卒業した。そして〈カロゼッリ・チョコレート〉に入社して、順調に昇進した。祖父が引退するときに父をCEOに任命したので、ぼくのおじたちは穏やかではなかったらしい。おまけに、父とトニー・シニアのあいだにはもうひとつ問題があった」

「それはなに？」

「父が従軍中に、トニー・シニアは父のガールフレンドだったサラと結婚したんだ」

「まあ」キャリーは目を見開いた。

「カロゼッリ家の歴史はなかなか興味深いだろう？」

「予想以上にね」キャリーは思案する顔になってつづけた。「でも、あなたの家族や親戚と接してみると、いずれすべて、うまくおさまると思えるわ」

彼女の言葉が正しいといいのにと、ロブは考えた。さもないと、祖父のしたことで家族が壊れてしまうことになる。

12

キャリーは自分の仕事を愛していた。会社をいかにして救うかを考察するのはパズルをとくことにも似ていて、わくわくさせられる。だがここ数週間の〈カロゼッリ・チョコレート〉での仕事は、いままでとは少し違った。

本来、キャリーが考えるのは会社のことだけだ。しかし、今回は会社で働く人々のことをより考えている。〈カロゼッリ・チョコレート〉はカロゼッリ一族が経営の中枢だが、ほかの社員も含めて、まるで大きな家族のようなまとまりがある。

そのなかで仕事をしていると、キャリーも自然に彼らのなかにとけこんでいくように感じ、クライアントとして距離をとるのが困難になっていた。

とくにロブは、ともに仕事をする仲間としてもすばらしかった。彼とは経営やマーケティングに対する考え方が似ており、互いの相違も衝突を引き起こすものではなく、むしろ補いあっている。ロブは、キャリーが次にどう動くかをあらかじめ知っているかのようで、ふたりはよく調和していた。

アリスと同居するようになったことで、ロブと体を重ねたいという欲望に抵抗するのが少し楽になったものの、キャリーは別な欲望に気づかされてもいた。

肉体的にロブに惹《ひ》かれる気持ちが減じたわけではない。会社で彼の近くに立ったときは触れたくてたまらなくなるし、魅惑的なまなざしで見つめられると、膝から力が抜けそうになる。会社との契約が有効になる前に、体を重ねて過ごした数日の親密さが恋しかった。けれども、セックスだけではなく、ロブとベッドに並んで横たわり、指を絡めあってただ話すことが恋しくてたまらないのだ。

ロブはとても誠実で、公平だった。他人を見くだすことはなく、誰かが失敗をしても一方的に責めはせずに客観的に判断する。スタッフとのコミュニケーション能力に優れているのもロブの長所だ。彼はいくつか簡単な言葉をかけるだけで、部下の気持ちを引きたてることができる。だからスタッフはみんな、ロブのために努力を惜しまない。

ロブがナイスガイであることは、結局、問題ではないのかもしれなかった。もしかしたら自分も、ロブとなら男と女としてうまくいくのではないだろうか？

かつてアリスに、あなたは幸せになるのを恐れていると指摘されたことがあった。アリスは正しいのではないのだろうか。自分は幸せになった結果、それを失うのが怖いのだ。期待を抱かないほうが、悲惨な結果がおとずれたときに傷つく可能性が少ない。

いまのように悩みがあるときは、アリスが親身にアドバイスしてくれるのがつねだった。だが最近のアリスのアドバイスは、方向性がかわってきていた。

「あなたはばかだわ」キャリーがロブとの電話を切ると、アリスは怒ったように言った。

キャリーはベッドに広げていた仕事の書類から目を上げた。「十年以上も友達でいるのに、いままで気づかなかったの?」

「ねえキャリー、ロブとどれほど相性がいいか、本当にわからないの? 彼と二時間も話していたじゃない。わたしなんかレックスと十分も話せればラッキーだわ」

「ロブにはわたしよりもふさわしい人がいるのよ」

「それを決めるのはロブのほうでしょう」

アリスにはわからないと、キャリーは思った。

「わたしたちは仕事仲間よ」彼女はかたくなに言った。「関係者とはデートしないわ」

「でも、ロブとは仕事でもうまくやっていると話していたじゃない」アリスは引かなかった。

「問題はほかにもあるわ。わたしはロサンゼルスに住んでいて、彼はここシカゴにいるのよ。遠距離恋愛をする自信はないわ」

「キャリー!」いらだった口調で、アリスが言った。「ロサンゼルスにしかなくて、ここには持ってこれないものがある?」

答えにつまったことに、キャリーは驚いた。強いて言えば人間関係だが、仕事中心の生活を送っているため、地元の友人とはもともと疎遠だ。親友のアリスは世界中を飛びまわっており、キャリーがどこにいようと関係はない。

「わたしはソファで寝るのに疲れたわ」唐突に、アリスが言った。「書斎をベッドルームにできると、前に言ったわよね」

キャリーはうなずいた。「じゃあ、ベッドルーム用の家具を入れないと。明日テリーに電話して相談してみるわ」

キャリーは翌日の午後、仕事場からテリーに電話した。書斎をベッドルームにすることを、テリーは快く承諾してくれた。

「書斎の家具は地下室に下ろしていいわよ」テリーは言った。

「ありがとう、テリー」

「ところで、来週末にまたパーティをするの。あなたも来てくれるでしょう?」

キャリーも参加したかったが、カロゼッリ家の人々が集まる場所には行くべきではなかった。最近、彼らに近づきすぎている。「いまは友人のアリスが来ているから、彼女をひとりにしたくないわ」

「一緒に来ればいいじゃない。みんなで楽しくやりましょうよ」

テリーに強く誘われると、断るのは難しかった。キャリーは心のなかでため息をついた。「じつは、アリスは恋人と別れたばかりで、外出する余裕があるかどうかわからないの。でも、誘ってみるわ」

「よかった。会えるよう願っているわ」

キャリーも期待にそえるよう望んでいた。

テリーとの電話を切ってまもなく、アリスから電話がかかってきた。

「キャリー、テリーと話してくれた?」

「ええ。書斎の家具を地下室に移していいそうよ」

「よかった。ベッドルーム用の家具はレンタルするけれど、月曜日に配達してもらうよう手配してかまわない? 書斎の家具の移動は、明日しましょう。週末にあなたが仕事をするつもりでないなら」

「週末は休むわ」キャリーは答えた。シカゴに来てもうひと月近くになるのが信じられなかった。〈カロゼッリ・チョコレート〉から依頼された仕事は順調に進んでいるが、しなければならないことがまだ山ほどある。

電話を切ってから、キャリーは仕事に没頭した。しばらくして、ロブがオフィスのドア口に姿を見せた。シャツの袖を肘までまくりあげ、ネクタイはゆるめていて、とても魅力的だ。いまここで彼の服を脱がせ、すばらしい体のすみずみまで舌を這《は》わせられたらと、キャリーは想像した。

「トニーとぼくはそろそろ帰るよ。一緒に夕食をとるんだが、きみもどうだい？」

キャリーは時計を見て、七時を過ぎていることに驚いた。「遠慮しておくわ」

ロブは腕を組んだ。「ぼくとつきあっていると思われるのが、まだ心配なのか？」

「週末は休むから、帰る前にこのレポートを終わらせたいのよ」キャリーはノートパソコンの画面を示した。「あと一時間以上かかるわ」

「本気かい？　夕食はおごるよ」

「ありがとう。でもまたの機会にね」キャリーはほほえんだ。

「わかった。じゃあまた明日」

「ええ、明日ね」

ロブが立ち去ってしばらくたってから、キャリーは次に出社するのは週明けの月曜日だと思いだした。明日、ロブに会うことはない。それはたぶん、とてもいいことだろう。一線を越えないためには。

その後、キャリーは九時まで働いた。そして帰ろうとしたとき、廊下から足音が聞こえてどきりとした。金曜日に六時過ぎまで仕事をする社員はまれだ。ロブが戻ってきたのだろうか？

キャリーは椅子を立ってドアへ歩き、廊下をのぞいた。ちょうど廊下の端の角を曲がる人影が見え、眉をひそめた。その先はデミトリオのオフィスだ。

人影はロブやほかの役員の男性にしては小柄だった。デミトリオの秘書が戻ってきたのだろうか？

キャリーはゆっくり廊下を歩き、角のところからデミトリオのオフィスの様子をうかがった。

オフィスのドアの前には女性がいて、ドアを開けようとしていた。

いったいなにをしているのだろう？　社内スパイだろうか？

「ちょっと、あなた」

キャリーが声をかけると、女性は驚いて悲鳴をあげ、持っていたものをとり落とした。大理石の床で音をたてたものは、まっすぐに伸ばした銀色の大きなゼムクリップだった。

まさか、これで鍵をこじあけようとしていたのだろうか？

振り返った女性の顔を見て、キャリーは驚いた。

「ローズ?」

「まあ、キャリー。みんな帰ったとばかり思っていたのに」ローズが言った。

ローズとは休憩室で知りあっただけで、深いつきあいはない。しかし、なにかがあやしいと感じられた。「なにをしているの?」

伸ばしたクリップを拾うローズの頬が真っ赤になった。「これがどう見えるかはわかります」神経質な口調で弁解する。「でもあなたの考えているようなことではないんです」

「あなたはCEOのオフィスのドアをこじあけようとしていたのよ」キャリーは指摘した。

「わたしの話を聞いてください」ローズは早口で釈明した。「デミトリオの秘書が、デジタル化する必要のある古い文書のファイルを渡してくれることになっていたんです。机の隅に置いたと言われたんですが、わたしはうっかり時間を忘れていて、とりに来たときにはもう誰もいませんでした。秘書に電話してもつながらなかったので、なんとかして鍵を開けようと考えたんです」

なぜかキャリーには、ローズの言葉が白々しい嘘《うそ》に聞こえてしかたがなかった。「よかったらロブに電話して、彼の父親のオフィスの鍵を持っているかどうかきいてみましょうか?」

「待って!」ローズが小さく叫んだ。「わたしの携帯電話が鳴っているので、ちょっと失礼します」

キャリーには呼びだし音は聞こえなかった。だが、ローズはマナーモードにセットしていたのかもしれない。

ローズは早足でキャリーから少し離れた。「もしもし、ああ、わたしの伝言を聞いたんですね。それで、待ってもらえるんですか?」いったん言葉を切り、相手の言葉に耳を傾ける。「わかりました。それでは月曜日に」電話をポケットにしまいながら、ローズはキャリーを見た。「大丈夫です。月曜日にすればいいとメアリーが言ってくれました」

こんなときに電話がくるなんて、タイミングがよすぎる。それだけでなく、デミトリオの秘書のメアリーはおしゃべりでいつも話が長引くのに、ローズは相手とほんの一分も話していない。

「このことはほかの人には秘密にしておいてもらえませんか?」ローズが赤面して言った。「誰かに知られたら責められますから」

「いいわ」キャリーはうなずいたが、次にロブに会ったときに必ず報告するつもりだった。

翌日の昼、書斎の家具を地下室に移そうとしたキャリーは、ソファの上でうたた寝をしているアリスに声をかけた。「準備はいい?」

「準備ってなんの?」ぼんやりした口調で、アリスがきいた。

「書斎の家具を移すのよ」

アリスはまばたきした。「脚のけがが治っていないのに？　無理よ」

キャリーは親友を見つめた。「家具の移動は土曜日にする計画じゃなかった？」

「自分でするとは言っていないわ」アリスは上体を起こしてソファに座り、猫のように伸びをした。「心配しないで。援軍を呼んだから」

「援軍ですって？」シカゴに、アリスはどんな知りあいがいるというのだろう？　引越し専門業者でも雇ったのだろうか？

そのとき玄関のベルが鳴った。アリスは自分の脚を見おろした。「悪いけれど、わたしのかわりに出てくれない？」

キャリーは親友の奇妙なふるまいの理由を考えながら玄関へ向かった。ドアを開けると、驚いたことにロブが立っていた。トニーも後ろにいる。

キャリーは目を見開いた。「どうしてここに？」

ふたりの男性は困ったように顔を見あわせてから、ロブがキャリーのほうに向きなおった。「アリスから電話があって、家具を移動するのを手伝ってほしいと頼まれたんだ」

「まあ、アリスが？」

キャリーはリビングルームを振り返ったが、ソファはすでにからになっていた。アリスはいったいどういうつもりなのだろう？　キャリーがオフィスの外ではロブに会わないようにしていることを知っているはずなのに。

だが、助けが必要なのはたしかだった。「入って」キャリーはわきによけてロブとトニーを家のなかに通した。

コートを脱ぐと、ロブはジーンズとフランネルのシャツ、はき古したワークブーツという格好だった。一瞬、それらをすべて脱がせる場面が頭に浮かび、キャリーはあわてて首を振って払いのけた。

いっぽうのトニーは、黒いジーンズに黒の長袖Tシャツ、スニーカーだった。

「少し待っていてもらえる？　アリスと話す必要があるの。すぐに戻るわ」

キャリーはアリスを捜して家の奥へ行った。ベッドルームのドアが閉まっていたのでドアノブをまわそうとすると、鍵がかかっているのがわかった。

「アリス！」キャリーは小声ながら怒りをこめて言った。「ドアを開けて！」

「ひどい偏頭痛がするの」弱々しい声が答えた。「わたしはここで寝ているから、あとはよろしくお願い」

「偏頭痛ですって？　嘘なんでしょう？」キャリーは言ったが、もうアリスから返事はなかった。

リビングルームに戻ったキャリーを見て、ロブが心配そうに眉をひそめた。「大丈夫かい？」

「ええ。アリスは……ベッドルームにいるの」

「具合が悪いのかい？」

これが仕組まれたことだとは、ロブに知られたくなかった。彼は、キャリーがアリスと組んでたくらんだと思うだろう。

キャリーは声をひそめて言った。「じつは、アリスは隠れているのよ。恋人とひどい別れ方をしたショックが抜けていなくて」

ロブがうなずいた。「トニーも最近、恋人と別れたんだ」

「おい、わざわざ言いふらすことはないだろう」いらだった様子で口をはさんだトニーに、ロブはにやりとしてみせた。それからキャリーに顔を向けた。「アリスがいなくても、家具の移動はぼくたちでできるよ。書斎をからにすればいいんだな？」

「ええ、ベッドルームとして使えるようにするのよ」キャリーは男性たちを書斎に案内した。「家具は地下室に入れるようテリーに言われたわ」

「幽霊のいる地下室にかい?」トニーがからかうような口調できいた。

臆病者と思われたくなくて、キャリーは平静を装って返した。「なにがいるにしても、いまのところ害はないわ」

男性ふたりがおのおの机の端を持ち、部屋の外に出して廊下を歩いた。

「地下室のどこに置けばいい?」ロブがキャリーにきいた。

「えっ? ああ、どこでもいいわ」キャリーはあいまいに返した。「適当に、あいているところにお願い」

地下室のドアの前に来たロブが、にやりとしてキャリーを見た。「下りたことがないんだろう?」

内心でどきどきしながらも、キャリーは言った。

「どうしてそう思うの?」

トニーが片手でドアを開け、暗い内部をのぞきこんでからキャリーのほうへ顔を向けた。「下りたことはあるのかい?」

「ええ、まあ」実際は、足を階段にかけたところでおじけづき、引き返していた。

「だったら、きみが先頭でもいいだろう」ロブは先に行くようキャリーを促した。

地下室に下りると思うだけでひどく緊張するが、キャリーは顎を上げ、ロブの挑戦的な目と視線を合わせた。「もちろんよ」

「ぼくたちはきみのすぐ後ろにいるよ」ロブが言った。

キャリーは明かりをつけて、階段の下を見た。たとえ地下室になにかがいてドアを開けているのだとしても、それは地下室にいつづけたがっているようだから心配はいらない。守ってくれる大柄な男性もふたりいる。そう自分に言い聞かせても、不安は消えなかった。

キャリーは大きく息を吸いこみ、足を前に出した。階段を下りるほどに寒くなるのは、一階のあたたかさが届かないせいだろうか？　あるいは霊的ななにかのせいだろうか。手すりにつかまるのはためらわれた。手の上にまた冷たい手が重なってきたらと思うと怖かったのだ。

最後の段を下りてコンクリートの床に足がついたときには、キャリーの脈はいつもの倍になっていた。あたりを見まわすと、いくつもの箱やたくさんの古い家具が目に入った。

少なくとも、幽霊はいないようだ。少しほっとして、キャリーは振り返った。「あのあたりに置いてちょうだい」彼女は家具のあいだに余裕がある場所を指さした。

トニーと一緒に机を下ろしてから、ロブがキャリーにきいた。「次はファイルキャビネットを運ぶよ。きみも一緒に上に来るかい？」

「ここで待っているわ」恐怖より好奇心がまさって、キャリーは言った。

「わかった。すぐに戻る」

男性たちが去ると、キャリーは地下室に置かれているたくさんの家具を見てまわった。シンプルで機能的なもの、華麗な装飾の施されたものなどさまざまだ。アンティークの知識は乏しいが、価値のあるものらしいのはわかる。

彫刻が美しいサイドボードの表面に手をすべらせたキャリーは、ほこりがついていないことに気づいて眉をひそめた。地下室の空気が異様にきれいなのか、あるいはキャリーの勤務中にテリーが忍びこんで掃除をしているのだろうか。

「幽霊には会えたかい？」トニーとともに大きなファイルキャビネットを運んできたロブが、いたずらっぽくきいた。

「いいえ。ところで、ここの家具にはほこりひとつついていないのよ。不思議じゃない？」

「テリーは潔癖症だからな」ロブは言った。

たしかに、キャリーにこの家を貸してくれるときも、すみずみまで掃除をしてくれていた。だが、ここにキャリーが住むようになってひと月もたつのに、少しもほこりが積もっていないのは不自然ではないだろうか？

「あとは書棚を運べば終わりだ」ロブが言った。

「わかったわ」キャリーはうわの空で答えた。

そのときかすかに、なにかがきしむ音と赤ん坊の泣き声が聞こえた。

キャリーは凍りついた。まさか。きっとアリスが上でテレビでも見ていて、床板のすきまから音がもれているのだ。

でも、もしそうでなかったら？

肩越しに振り返ったが、ロブとトニーはすでに上に戻ってしまっていた。

きっと空耳だ。キャリーは自分にそう言い聞かせたが、やはりかすかに物音がする。耳をすませると、音は地下室のずっと奥から聞こえてくるようだ。

キャリーは勇気を振りしぼって家具のあいだを通り、音が聞こえてくるほうを目指した。とうとう地下室の端に着き、いちばん暗い隅に目をこらすと、幅広のチェストの後ろに子供用の揺りかごが置いてあるのを見つけた。装飾は手彫りらしく、そうとう古いもののようだ。

周囲の暗さに目が慣れると、あることに気づいてキャリーはぞっとした。全身の毛が逆立ち、動悸《どうき》がした。

揺りかごが揺れている。

一度、二度とまばたきしたが、やはり揺れている。目の錯覚ではなさそうだ。それだけではなく、赤ん坊の泣き声も大きくなり、まるですぐそばにいるようにさえ聞こえた。

周囲が赤ん坊の泣き声で満たされる。揺りかごを見つめて、キャリーは立ちつくした。泣き声が彼女の頭のなかでこだまし、揺りかごが視界で揺れる。前に、後ろに。前に、後ろに……。

無意識に、キャリーは手を伸ばして揺りかごに触れた。

そのとき、肩を強く押されて、キャリーは衣を裂くような悲鳴をあげた。

13

「ぼくだ！」ロブは大声で言った。

キャリーはバランスを崩し、後ろにあるたんすにもたれかかった。「驚かせないで！　心臓が止まりそうになったわ」彼女は胸に手をあてた。

「すまない。わざと押したんじゃないんだ」ロブはあわてて釈明した。「上から何度かきみを呼んだんだが、答えがないので下りてきたんだよ。きみの背中が見えたから急いで近づこうとしたら、テーブルの脚につまずいてしまった」

背後から、階段を下りてくる大きな足音がした。振り返ると、トニーが一段抜かしに下りてくるのが見えた。そのあとをアリスがついてくる。彼女の服装は今日も黒ずくめだ。

「いったいどうしたの？」

　地下室に下りたったトニーとアリスが同時に言い、顔を見合わせてぎょっとした表情になった。見知らぬ人間がいることに、お互いに驚いたのだろう。

「なんでもない。ただぼくがキャリーを驚かせただけだ」ロブは言った。

「もう少しで心臓発作を起こすところだったわ！」怒った声でキャリーが抗議した。

「説明しただろう、つまずいたんだよ」

「それで、あなたは見たの？」

「見たって、なにを？」

「揺りかごよ。揺れていたわ。それに赤ん坊の泣き声も聞こえた」

　まさか。あまりにも怖がらせたせいで、キャリーはおかしくなってしまったのだろうか？　ロブはおそるおそるきいた。「揺りかご？　どこにあるんだい？」

「たんすの後ろよ」キャリーは背後の暗闇を指さした。

　ロブは彼女に近づき、背後に目をこらした。たんすと壁のあいだに、なにか小さくて丈の低いものの輪郭が見える。

「まだ揺れている？」キャリーがたずねた。

　ロブが見るかぎり、揺れてはいなかった。「さあ、どうかな」

　彼はたんすに身をのりだし、手を伸ばした。揺りかごの端をつかんで床から持ちあげる。思ったより軽く、家具というよりは子供のおもちゃのように見えたが、ハンドメイドでとても古いものらしい。

　キャリーは緊張した顔でうなずき、家具のあいだを抜けてトニーとアリスのそばに行った。そしてロブを手招きした。「こっちに持ってきて」

　ロブは揺りかごを頭上に掲げて家具のあいだを歩

いた。三人のそばまで行き、冷たいコンクリートの床に揺りかごを置いた。明るい場所で見ると、古いわりには驚くほど手入れが行き届いていて、シンプルだが機能的なつくりだった。しかし、現代の基準からは安全性に問題がありそうだ。

「気をつけて！」キャリーが興奮した様子で言った。「その揺りかごは本当に揺れていたのよ。それに赤ん坊の泣き声がしたの」

「人間の赤ん坊のかい？」ロブは眉をひそめた。

「もちろんよ。ほかに聞いた人はいない？」

ロブは首を振り、トニーとアリスのほうを見た。だがふたりは互いを品定めするのに忙しいらしく、キャリーの話など聞いてはいない。

まだふたりを正式に紹介していなかったことに気づいて、ロブはいとこを見た。「トニー、こちらはキャリーの友達のアリス。ニューヨークから来たんだ。アリス、こちらはぼくのいとこのトニーだ」

「お会いできてうれしいわ」アリスは唇をきゅっと曲げてほほえみ、トニーと握手した。

「こちらこそ」答えるトニーの目はアリスに釘《くぎ》づけで、すっかり魅了されているようだった。

「飲み物はいかが？」アリスはトニーを見つめたままきいた。

「ぜひいただきたいな」トニーは階段のほうへ手を振った。「お先にどうぞ」

ふたりが行ってしまうと、キャリーはロブのほうを向いた。「いったいなにが起きたの？」

ロブは肩をすくめた。「どうやらお互いが気に入ったようだ」

「つまり、あなたにおどかされてわたしが叫んだのがよかったのかしら」

「言っただろう、驚かせるつもりはなかったんだ」

キャリーは揺りかごを見おろした。「揺れていないわね」

「そう見えるな」

ふたりはそのまま数分、黙って揺りかごを見守ったが、なにも起こらなかった。

「揺れていたと誓うわ」キャリーが主張した。

「信じるよ。ドアが勝手に開くなら、揺りかごがひとりでに揺れてもおかしくない」

「あるいは、わたしの頭がおかしくなったかね」キャリーはため息をついた。

ロブは考える表情で顎を撫《な》でた。「さっき、きみが返事をしなかったのは少し不気味だったな。最初は気分でも悪くなったのかと思ったんだが、近くに行ってみると、きみはトランス状態かなにかになっているようだった」

「実際、そんな状態だったのだと思うわ。揺りかごに手を伸ばしたのも、自分の意思ではなく誰かに操られていたような感じだったの」

「誰かに――なにかにとりつかれたというのか？」

キャリーは肩をすくめた。「そうかもしれない」

これがキャリーでなければ、本当に頭がおかしくなったと思うところだ。だがキャリーは健全で現実的な人間だとロブは断言できた。

「とりあえず上に戻りましょう」キャリーが言った。

「そうだな。この揺りかごはどうする？　上に運ぼうか？」

キャリーはたくさんの家具に目をやってから、床に置かれた揺りかごに視線を落とした。

かつてこのなかで子供たちが眠ったのだろうと思うと、ロブは揺りかごを地下室に残していく気になれなかった。揺りかごはとても小さく、寂しげに見える。

小さくて寂しげだって？　なぜそんなことを考えたのかと、ロブは自問した。まるで彼もなにかにとりつかれているようではないか。

「そうね、運んでちょうだい」キャリーが言った。

「わたしがきれいにするわ。誰かが使うかもしれないから」

「わかった」ロブは揺りかごを持ちあげた。そのとき、冷たい空気が頬を撫でたように感じたが、もちろん思いすごしだろう。

ロブが揺りかごを運びあげると、キャリーが地下室のドアを閉めた。

ドアが完全に閉まる前に、ロブの耳が地下室からの声をとらえた。それは赤ん坊ではなく、たしかに女性の泣き声だった。

「あのふたり、とんでもないわね」キャリーは冷蔵庫に貼ってあったメモをとり、ロブに見せた。

そこにはトニーの字で、簡潔にメッセージが書かれていた。〝飲みに行く。あとで戻る〟

「トニーのやつ、ぼくを自分の車に乗せてきたことを忘れたらしいな」ため息まじりに、ロブは言った。

これでロブとふたりきりになった。それが仕組まれたことだったとしても、キャリーは親友に腹をたてる気にはなれなかった。この状況が同時に、アリスが外に出て社交を楽しむ機会にもなるからだ。

きっとアリスはトニーと仲よくなるだろう。たまにはナイスガイとつきあうのも悪くない。キャリーはトニーのことをよく知っているわけではなかったが、彼もカロゼッリ家の一員だから、人柄は信頼できる。

そのとき突然、キャリーの頭に結婚式のシーンが浮かんだ。自分とアリスがふたりともシカゴに落ち着き、ダブルウエディングをする姿が。花婿はもちろん、ロブとトニーだ。

いったいなにを考えているの？　キャリーはあわてて首を振り、くだらない想像を追い払った。「ふたりのことはほうっておきましょう」

「揺りかごはどこに置く？」

ロブにきかれて、キャリーはまだ彼が揺りかごを下ろしていないことに気づいた。「リビングルームがいいかしら。どうしてか、地下室に置いておくのは間違いだと思えたのよ」

「わかるよ」廊下を歩きながら、ロブが言った。

「わかる？　本当に？」

「ああ」ロブはソファの横に揺りかごを置き、ソファに腰を下ろした。「奇妙なことだが、ぼくもこれを地下室に置いておきたくなかった」

ふたりとも同じことを感じたとしたら、かなり不気味だ。揺りかごをきれいにするかわりに、除霊師を呼んだほうがいいかもしれない。

キャリーは椅子に座った。「古い家具は好き？」

「いや、とくには」

キャリーも、古い家具は嫌いではないが現代的なもののほうが好きだ。

「ドアがひとりでに開いたのは、そのせいかもしれないな」ロブが言った。「きみに見つけてもらって、上に持ってきてほしかったんだ。最初の夜にきみに触れたのも、きみに気づいてほしかったためかもしれない」

キャリーはいぶかしげに目を細めた。「わたしをからかっているの？」

「じつは、ぼくにも聞こえたんだよ」神妙な顔で、ロブが告げた。

「赤ん坊の泣き声が？」

「いや、女性の泣き声だ。きみが地下室のドアを閉める直前にね」

キャリーのうなじの毛が逆立った。「本当？　気味が悪いわ」

ロブはうなずいた。「ああ」

「いったいどういうことなのかしら」キャリーはふと思いだしたことがあり、言葉を切った。「そういえば、ゆうべもわけのわからないことがあったの」

「オフィスのドアがひとりでに開いたのかい？」ロブがいたずらっぽく笑った。

その笑みがあまりにも魅力的で、キャリーは見とれてしまいそうになった。「いいえ。でも、偶然にもドアについてなのよ」

ローズがデミトリオのオフィスのドアをこじあようとしていたことを、キャリーは話した。ローズがどう言い訳をしたかも。

「ローズが嘘《うそ》をついていると思うんだね？」声を低くして、ロブはきいた。

「ええ。わたしが正しいとはかぎらないけれど、あなたに話す必要があると思ったの。ローズの態度は不自然だったわ。なにか悪いたくらみがあるのではないかと思えて」

「知らせてくれてありがとう。じつは、ローズについては別件で気になることがあるんだ」

「まあ、どんなこと？」

少したもらってから、ロブは口を開いた。「妹がローズと一緒に住むことになったのさ。メガンはアパートメントを手に入れたんだが、そこにローズがルームメイトとして引っ越してくる予定なんだ」

「なにか心配があるのね？」

「ああ。ローズの母親は〈カロゼッリ・チョコレート〉で何年ものあいだ祖父の秘書として働いていた。職を探してうちに来たローズが雇われたのは、その縁があったからだ。ローズはわが社の古い書類をデジタル化すると申しでて、いまはその仕事をまかされている」

「つまり、会社の情報の多くに接触しているということね」

ロブは真剣な表情になった。「ローズはスパイなんだろうか？」

「その可能性はあるわ」

「もう少し調べてみるよ。この件はぼくにまかせてくれ」ロブは腕時計を見た。「トニーはいつ戻ってくるかな」

「わたしが送っていくわ」キャリーは申しでた。ロブとふたりきりでいると、いつ欲望を抑えられなくなるかわからない。「コートをとってくる」

キャリーは雪がちらほら舞うなかを、レンタルした小型のSUVを走らせた。雪のなかのドライブには少し不安があったのだが、予想に反してなかなか快適で、キャリーは楽しんでさえいた。

「ここを左に曲がってくれ」ロブが言った。「ぼくの住まいは二ブロック先だ」

キャリーの家から一キロもない場所だ。「こんなに近いとは思わなかったわ」

「これほど寒くなければ歩いて帰るところだ」

この区域は復元された昔の建物と新しいビルがまじっている。ロブが住む建物は、倉庫として使われていたビルを改築したものだった。

「すてきなところね」キャリーは言った。「何階に住んでいるの？」

「最上階のペントハウスだ」

「まあ、うらやましいわ」

「現代的で、開放的な間取りが自慢なんだ。なかに入って見てみるかい？」

絶対だめ！　そうわかっていたのに、キャリーは気がつくとこう口にしていた。「ええ……そうね」

なんてこと！

ロブの家でふたりきりになったら、自分の行動に責任が持てない。欲望に屈してしまうのは確実だ。

「あの、ルームメイトはいないの？」

「いないよ。なぜだい？」

キャリーは肩をすくめた。「たんなる好奇心よ」

なかに入れない理由を言わなければ。だが、駐車スペースをロブに指示されると、キャリーは機械のように従って車を止めていた。ロブと一緒に建物に入るあいだも、誰かに操られているかのようにただ足が動いていた。

ふたりはエレベーターで最上階に上がり、廊下を進んだ。ロブが右手のドアを示した。「ここがぼくの部屋だ」

ロブが鍵を開け、入るよう身振りで示した。部屋に一歩足を踏み入れた瞬間、キャリーは息をのんだ。

開放的な間取りというロブの言葉に嘘はなかった。内部は広く、設備の整ったキッチンにダイニングスペース、リビングスペースがもうけられている。頭上には金属と木材の梁《はり》が交差し、金属製のらせん階段の先にはロフト式のベッドルームがある。室内の壁面のひとつは、建物の特徴でもある高い窓が占めており、とても現代的だ。

「美しいわね！」キャリーは感嘆の声をあげた。

「コートを脱いで」

ロブに促され、キャリーはためらった。「あの……長居はできないわ」

ロブはコートを脱いでドアの横のフックにかけた。

「これから用事でもあるのかい？」

「いいえ。でも……」

「だったら、数分だけいいだろう？」ロブがキャリーのコートに手を触れた。「心配はいらない。くどいたりしないよ。なかを案内するだけだ」

そんな言葉はなんの保証にもならない。そうわかっていながら、キャリーはコートを脱いでロブのコートのわきにかけた。

ロブは部屋の特徴的なところを説明してくれたが、キャリーはうわの空だった。視線がついロブの引きしまったヒップに引きつけられてしまう。ジーンズ姿のロブはいつにもましてすてきだった。午後になって伸びてきた髭《ひげ》でざらついた頬に手をすべらせ、感触を味わいたかった。

ロブについて、キャリーはロフトにつづくらせん階段をのぼった。大きな間違いをおかしていると悟っていたが、足を止めることができなかった。

「ベッドルームはお気に入りなんだ」ロブが言った。

窓辺に行けば、その理由は明らかだった。階下からの眺めもよかったが、ここではまさに息をのむほどだ。シカゴの街が一望でき、ビル群が描く地平線もくっきりと見える。

「なんてすばらしいのかしら」キャリーはため息をついた。

ロブはすぐ後ろにいて、彼の体温やアフターシェーブローションの香りが感じとれる。キャリーの横にある椅子の背には、昨日ロブが着ていた服がかけられている。

「ベッドに横になりながら、ネイビーピアの花火を見ることができるんだよ」ロブが誇らしげに言った。

「いいわね」ベッドでできるもうひとつのことが、キャリーの頭に浮かんだ。ふたりで、自分たちの花火を打ちあげるのだ……。

「大丈夫かい？　やけに口数が少ないな」

キャリーは肩をすくめた。「とくに言うことがないからよ」

「いつもなにかしら話しているじゃないか」

その指摘は正しい。キャリーは沈黙が好きではなかったので、つねに話をするよう意識していた。だが、今日は違う。言ってはいけないことを口にしそうで怖かった。

「キャリー？」

キャリーはロブを見あげた。黒い瞳の奥に強い欲望を認めて、膝から力が抜けそうになった。

「あなたがほしい」考えるより先に、口から言葉が転がりでた。キャリーは後悔したが、もう遅かった。

ロブはうなずいた。「知っている」

「でも、あなたをほしがってはいけないのよ」

「それも知っている」

余裕のある口ぶりに、キャリーはいらだった。

「問題なのは、あなたがわたしよりずっと体格がいいということよ。ベッドに押し倒されたら、あなたを止められないわ」

ロブはあとずさりした。「キャリー、それ以上は言わないでくれ」

キャリーは驚いてまばたきした。ロブはわたしがほしくないのだろうか？

「これはゲームじゃないんだ。自分を抑えられなくなりそうだ」

ゆっくりと、キャリーはうなずいた。ロブに拒絶されたわけではないとわかり、少しほっとした。

「わかっているわ」

「だったらはっきりさせてくれ。本当にぼくがほしいのか、そうでないのか」

「あなたがほしいわ。でも――」

「でも、はなしだ」ロブはキャリーを遮った。「一緒にベッドに入るかい？　それとも帰る？」

キャリーは唾をのみこんだ。「仕事はどうなるの？」

「仕事は仕事さ。お互いにプロとしてつづける」

大きく息を吐いてから、キャリーは言った。「ニックやトニーに嘘をつくことは期待しないわ。でも、ほかの人たちには話さないで」

ロブが片方の眉を上げた。「つまり、新聞の日曜版に恋人募集の記事を載せなくてもいいんだね？」

キャリーはほほえんだ。ロブにはいつも笑わせられる。彼といると幸せな気分になれる。自らそれを捨てる理由があるだろうか？

理由はあった。キャリーがロブに惹《ひ》かれているからだ。いままで、男性に長くつづく関係を期待したことはなかった。それなのに、ここではダブルウエディングを想像してしまうほどで、明らかにおかしくなっている。

ロブに夢中になりすぎたらどうなるだろう？　破局を迎えたら耐えられるのだろうか？　自分は本当にそんな危険をおかすつもりなのか？

昨日アリスに言われた言葉が、キャリーの頭によみがえった。〝ロサンゼルスにしかなくて、ここには持ってこられないものがある？〟

アリスは正しい。仕事はシカゴでもできる。けれど、心から自分を気にかけてくれる人はここにしかいない。

「あなたがほしいわ」キャリーは言った。

ロブが疑うような目で彼女を見つめた。「でも？」

キャリーは首を振った。「でも、はないわ。今回は」

キャリーは両腕をロブの首に投げかけ、爪先立ちになって彼にキスをした。

14

「ロブはいるかしら？」

キャリーがきくと、ミセス・ホワイトが机から顔を上げた。

「もう会議室に行きましたよ」ロブの秘書の口調は、八週間前よりだいぶやわらかくなっていた。

だんだんわかってきたことだが、ミセス・ホワイトは初対面の印象ほどいやな女性ではなかった。誠実で優秀な秘書であり、ロブへの忠誠心は目をみはるものがある。

ロブから聞いたところによると、ミセス・ホワイトはロブが子供のころに〈カロゼッリ・チョコレート〉の店舗のひとつで働いていたが、当時はいまとまったく印象が違ったそうだ。ロブが母親と一緒に店をたずねると、いつもおまけで好きなキャンディをそっとくれるような、やさしい女性だった。だがひとり息子が事故で亡くなって以来、様子がかわってしまったのだという。

ミセス・ホワイトがキャリーと打ちとけることは今後もないだろうし、友人にもならないだろうが、仕事上は友好的な関係を保っていた。

「ロブはわたしのレポートを持っていったの？」キャリーはたずねた。

「はい、お持ちになりました」

それを聞いて、キャリーは緊張をおぼえた。

二十年間のデータを分析したのち、キャリーは〈カロゼッリ・チョコレート〉の売り上げ低下に対する解決法のラフな案をつくった。いまはその案をほかのメンバーに示し、賛同を得る段階に差しかかっていた。

とくに、ロブがどう思うかがキャリーには気がかりだった。このひと月あまり、ふたりは公にしないままデートを繰り返していた。もちろん、プライベートと仕事を混同しないよう努力した。それでも、キャリーのつくった案がロブに受け入れられなければ、ショックは相当なものになるだろう。

「きっとうまくいきます」ミセス・ホワイトが言った。

「えっ？」キャリーはまばたきした。空耳だろうか？

「あなたは優秀ですし、スタッフ全員があなたを尊敬しています。心配はいりませんよ」

もしかすると、ミセス・ホワイトは励ましてくれているのだろうか？　キャリーは咳払《せきばら》いした。「ありがとう。でも、どう評価されるかを考えると神経質になってしまって」

「まあ、仕事の評価はどうあれ、あなたへのロブの感情がかわることはないでしょう」

キャリーは思わず口を開けた。ロブとは仕事上のつきあい以外なにもないと言おうとしたが、ミセス・ホワイトの顔に浮かんだ苦笑を見て、時間の無駄だと悟った。「そうだといいけれど」

うなずいて、ミセス・ホワイトはつづけた。「ロブのことは生まれたときから知っているようなものですけれど、あんな様子はいままで見たことがありません」

「あんな様子って？」

「とても幸せそうです」秘書は肩をすくめた。「仕事よりも大事なことがあるのは明らかです」

「ミセス・ホワイト……」キャリーはなにか気のきいたことを言おうとしたが、口ごもっているうちに、手振りで行くように促された。

「さあ、早く。ロブが待っていますよ」

キャリーは廊下を歩いて会議室に向かった。

ロブの変化に気づいたのはミセス・ホワイトだけではない。〝きみといるとロブは別人だ〟と、トニーからも言われた。彼は最近、アリスとつきあっているので、キャリーともよく会うのだ。

ロブは幸せなのだろうか？　以前のロブはどんな男性だったのか知らないキャリーには、よくわからなかった。ともかく、ロブとは良好な関係を保っている。互いの相性がいいのは疑いようがない。だが、長くつきあえば関係は破綻するだろう。

アリスが言うように、自分は幸せになることを恐れているのかもしれない。それを克服する方法はあるのだろうか？

自分自身の感情を肯定することができればと、キャリーは願った。ロブこそが運命の男性だと、信じられればいいのに。

会議室のドアを開けたキャリーは、なかにロブしかいないのに気づいて驚いた。「あの、ほかのみんなは?」

「あとから来る」キャリーのレポートはテーブルについたロブの前に置かれている。「まずふたりだけで話がしたくてね。座ってくれ」彼は向かいの席を身振りで示した。

「内容に不満があるのね」キャリーは席につきながら言った。

「反対に、すばらしいと思っているよ」

キャリーはまばたきした。「本当に?」

「ああ。その理由を示そう」ロブはキャリーのレポートの下から別な書類の束を出し、彼女のほうへすべらせた。

書類の日付は、およそ六カ月前になっている。

「これはなに?」キャリーはきいた。

「父とおじたちがきみを雇うことを決める前に、ぼくが部下と一緒にまとめたものだ。目を通してほしい」

レポートを読みはじめてすぐに、キャリーは自分がつくったものとよく似ていると気づいた。解決策まで読んだとき、彼女は思わず口をあんぐりと開けてしまった。「まあ、信じられないわ」

ロブは笑った。「ぼくもさ」

キャリーはロブを見つめた。「わたしに事前にこれを見せてくれなかったのはなぜ?」

「きみがマーケティングの天才だからだよ」

キャリーが天才なら、ロブと彼の部下たちも天才だ。彼らはキャリーと同じ解決策を導きだしていたのだから。ロブたちの提案の概要は、キャリーがつくったものとほぼ同じだった。「お父さまたちにこれを見せたの?」

「もちろん。だが、過激すぎると言われて却下された」ロブは肩をすくめた。「わが社は伝統を継承するべきだとね」

過激なのは、企業が持つ潜在的な危険要因をとりのぞく必要があるからだ。伝統はたしかにすばらしいが、現在の経済状況で企業が生き延びるには、時代に合わせた変化が不可欠なのだ。

キャリーを雇うことにロブが難色を示していたのも道理だ。この会社にはなにが必要かロブは知っていて自身で案を打ちだしていたのだから。しかし、会社の上層部はロブの案を却下した。

「彼らは間違っているわ」キャリーは言った。

「きみにそう言ってもらえてよかったよ」

ここで大きな問題が生じたことに、キャリーは気づいた。会社は、すでに提出されていた案のために莫大《ばくだい》な報酬を支払うことになる。

彼女は途方に暮れた。「どうしよう。困ったことになったわ」

「気にすることはないさ。きみは頼まれたことをしただけだ。内部のスタッフの意見に聞く耳を持たなかった、父たちの責任だ」

「そうだとしても、わたしたちはどうすればいいの？」

「さらに細かい案を出そうと思う。今度は受け入れてくれるかもしれない」

「もしまた却下されたら？」

ロブは肩をすくめた。「会社を辞めるよ」

キャリーはまばたきした。「本気なの？」

「社員には親族も多いし、彼らを愛している。だが、これはビジネスだ。沈みゆく船に乗っているとわかったら、ぐずぐずせずに逃げる決意をしなければね」

ロブの言い分は正しい。キャリーはうなずいた。

「じゃあ、レポートにもう少し手を加えましょう」

そのとき会議室のドアが開き、ニックが入ってきた。「邪魔してすまない。少しいいかな？」

「もちろんさ」ロブがほほえんだ。「なんだい？」

「こういうニュースは伝わるのが早いから、きみには直接、ぼくから話さなくてはと思ってね」ニックは咳払いした。「テリーが妊娠したんだ」

ロブは驚いた顔をして、それから大きな笑みを浮かべた。「おめでとう！」

ロブは席を立ってテーブルをまわり、ニックと握手して抱きあった。

「よかったな、待ち望んでいた赤ん坊を授かって」

「ありがとう。じつは、ひと月ほど前に妊娠がわかったんだが、順調だと確信できるまで発表は控えてほしいとテリーに言われてね。言わずにいるのがどれほどつらかったか」

ロブは笑った。「予定日はいつなんだ？」

「九月二十一日だ」

「そうか、楽しみだな」ロブは首を振った。「きみとテリーが結婚すると聞いたときは、ひどく驚いたものだったが」

「ぼくたちはそうなる運命だったのさ」ニックがにやりとした。「いままでで最善の行動だった」

ニックはとても幸せそうだ。こんなにも愛してくれる夫がいてテリーは幸せだと、キャリーはうらやましかった。自分もいつかは結婚して家族を持つつもりだったが、たいていの人がそうするからという漠然とした理由からだった。けれども、いま、本当にほしいものがわかった。

アルとウィル、グラントが会議室に入ってきた。ニックが三人にも朗報を伝えると、握手と抱擁、祝福の言葉で場がいっそうにぎやかになった。〈カロゼッリ・チョコレート〉は本当に大きな家族のようだ。自分もその一部になれたらと、キャリーは思わずにいられなかった。

ロブと目が合うと、彼がにっこりほほえんだ。キャリーの頭にぱっと未来の映像が広がった。シカゴにとどまってロブと結婚する。一緒に暮らし、やがて自分は妊娠して、ロブがそれを興奮気味にみんなに発表する……。

キャリーははっとした。そういえば、最後の月のものはいつだっただろう？　もう始まってもいいころでは？

最近は忙しかったので、チェックするのをすっかり忘れていた。キャリーは携帯電話をとってスケジュール帳を開いた。記録によれば、最後に生理がきたすぐあとに、ロブと正式なつきあいを始めた。それは……。

六週間前。

キャリーは心臓がぎゅっと締めつけられるように感じた。そんなはずはない。二週間も遅れているなんて。周期は安定していて、いままでこれほど遅れたことはなかった。

キャリーはロブに目をやった。問題が起きたことを察したらしく、ロブは眉をひそめた。

キャリーは目を閉じ、自分に言い聞かせた。これはなにかの間違いだ。こんなことが起きるはずはない。妊娠なんてするはずがない。働きすぎでストレスがたまっているだけだ。強いストレスを受けると、女性のサイクルは狂いやすくなるものだ。

「キャリー？」

目を開けると、キャリーの席の横にロブが立っていた。彼が身をかがめ、声をひそめてきいた。

「大丈夫かい？　顔色が悪いよ」

キャリーは動揺のあまり声が出せず、かわりに首を振った。

「どうしたんだい？」

いまここで打ち明けるべきだろうかと、キャリーは悩んだ。先送りにすれば、打ち明けたときの衝撃がかえって大きくなるかもしれない。

「あなたに話があるの」キャリーはなんとか言葉を絞りだした。

「いまかい？」

「ええ、いまよ」

「じゃあ、ぼくのオフィスに行こう」

キャリーは立ちあがったが、膝に力が入らず、めまいがした。失神した経験はなかったが、いまなら簡単にできそうだ。ロブも同じことを思ったのか、キャリーの肘をとって体を支えてくれている。

「キャリーは気分が悪いようだ」ロブがほかのメンバーに言った。「会議は今日の夕方に延期しよう」

「まあ。なにかわたしにできることは？」アルがたずねた。

「たいしたことではないわ」キャリーは嘘《うそ》をついた。「朝食を抜いたので、血糖値が低くなっているのだと思う」

「ぼくは少しのあいだ、キャリーにつきそっているよ」ロブはみんなに言い、キャリーをドアのほうへ導いた。

キャリーはふらつきながらも、なんとかロブのオフィスまで歩いた。

キャリーを見たとたん、ミセス・ホワイトが椅子から立ちあがった。「どうしました？」

「急に気分が悪くなったんだ」ロブが秘書の机の前を通りすぎながら言った。「休憩室から冷たい水を持ってきてもらえるか？」

「はい、すぐにお持ちします」秘書は早足で立ち去った。

オフィスに入ってキャリーを椅子に座らせると、ロブは机の端に腰をもたせかけた。「大丈夫かい？」

キャリーはうなずいた。いまはだいぶ落ち着いて、めまいもおさまっている。「迷惑をかけてごめんなさい」

「どれくらい遅れているんだ？」ロブが唐突にたずねた。

キャリーは驚き、たっぷり三十秒ほどたってから、ようやく口を開いた。「どうしてそれを……」

「注意していたからさ」

「わたしの月経周期に？」

「違うよ。テリーが妊娠したとニックから聞いて、考えたんだ。もしかすると、いつかぼくたちもそういう状況になるのかな、と」

ロブは思案する顔でキャリーを見た。

「それで思い返してみると、デートするようになってひと月になるのに、きみに月のものの影響を感じたことがない。きみを見ると、幽霊のように蒼白《そうはく》な顔で携帯電話をチェックしている。結論はすぐに出たよ」

「そんなはずはないのよ」かたくなに、キャリーは言い張った。「妊娠するはずないわ」

「なぜそう言いきれるんだ？」

「だってわたしは……。少し遅れているだけよ。たった二週間だもの。ストレスのせいだわ。わたしたち、とても用心していたし。そうでしょう？」

「ああ……」ロブは口ごもった。

「ロブ？」

「じつは、避妊具に小さな破れ目を見つけたことがあったんだ」

キャリーは青ざめた。「それはいつ？」

「一カ月ほど前だ」

「なぜわたしに言わなかったの？」

「たいしたことじゃないと思ったんだ。本当に、ごく小さなものだったから心配はないと。そして、今日まですっかり忘れていた」

「なんてこと」キャリーは首を振った。「無理よ、赤ちゃんを産むなんて……」

咳払いが聞こえて、キャリーとロブはドア口のほうへ顔を向けた。キャリーのために、ミセス・ホワイトが水のボトルを持ってきてくれたのだ。

「ありがとう」ロブがドアへ歩き、秘書からボトルを受けとった。

「ほかになにかできることがありますか?」秘書が、同情ともとれるまなざしでたずねた。

「いや。だが……このことはまだ誰にも言わないでほしい」

「承知しました」

秘書は立ち去り、ドアが閉まった。

「キャリー、きみにはできることがあるな」ロブが重い口調で言った。「妊娠検査だ」

15

「妊娠検査なんて必要ないわ」キャリーはボトルの栓を開け、水を飲んだ。

「じゃあ、ドクターに診てもらうかい?」ロブはたずねた。

「どちらも必要ない。だって妊娠していないもの。月のものが遅れているだけで、つわりもないし疲れやすくもない。元気そのものよ」

「妊娠の初期だからじゃないのか?」

「妊娠していないわ」

「はっきりさせたいと思わないのかい?」

「はっきりしているもの。妊娠はしていないって」

キャリーは神経質になりすぎているのかもしれな

い。ロブはなだめるように言った。「キャリー」

キャリーは目を伏せた。「お願い、この問題はわたしにまかせて。あと三日、様子を見させてちょうだい。まだ……心の準備ができていないのよ。気持ちの整理には時間が必要だわ」

いまのキャリーに検査を強いることはできなかった。彼女は明らかにおびえ、混乱している。それにキャリーが本当に妊娠していたら、結果を知るのが数日延びたとしてもたいした違いはない。

「わかった。検査は月曜日まで待とう」ロブは言った。

「いいわ」キャリーはうなずいた。「できれば今日は早退したいのだけれど」

「そうしてくれ。仕事のあとで寄るよ」

「今夜はアリスと約束があるの。あなたとは明日にできるかしら?」

「もちろん」

キャリーには考える時間が必要なのだろう。ゆっくりと椅子から立ちあがった彼女は、足もともだいぶしっかりしたように見えた。

「きみの車まで送ろうか?」

「いいえ、大丈夫よ」

「なにかあったら電話してくれるね?」

「まっさきに知らせるわ」

ロブは身をかがめてキャリーにキスした。唇にしたかったが、寸前でキャリーがよけたので、かわりに頰にキスした。

「また明日」弱々しくほほえんで、キャリーはドアから出ていった。

ロブは不安をおぼえながら椅子に腰を下ろした。キャリーには妊娠したことへの喜びがまったく欠けているようだった。本当に赤ん坊を望んでいなかったら?

静かなノックの音がして、ミセス・ホワイトがドア口に顔をのぞかせた。「大丈夫ですか？」

「ああ。少し……驚いただけだ」

「本当に、なにかわたしにできることはありませんか？」

ロブは椅子の背にもたれた。「そうだな、賢明なアドバイスをもらえるとうれしいが」

一分ほど考えてから、秘書は口を開いた。「赤ん坊は授かりものです」

「それだけかい？」

ミセス・ホワイトはほほえんだ。「どうすべきかあなたに言う必要はありませんから」

そう、ロブにはどうすべきかわかっていた。

キャリーとの仕事の契約期間が終わりに近づくにつれて、ロブはシカゴに引っ越すよう彼女に頼むことを真剣に考えはじめた。そして、実際に頼むタイミングについて検討した。機が熟すまで——キャリーに準備ができたと思えるときまで、待たなければならない。ことを急ぐと失敗する可能性がある。準備が整えば、きっとキャリーは承諾してくれる。近い将来、ふたりはロブの家で一緒に暮らすことになるだろう……。

だが、キャリーが本当に妊娠していたら事態は一変する。もちろん彼女へのロブの気持ちがかわることはないし、祖父から千五百万ドルをもらう権利を得るためには結婚することが第一条件だ。キャリーにプロポーズしなければならない。

こんなに急にその日がくるとは思っていなかった。ロブのほうは準備ができているが、キャリーはどうだろう？ 結婚する気持ちもなかったら？

いや、キャリーにはたんに心を整理する時間が必要なだけだ。いまは突然の展開に動揺し、おびえているのだ。

毎晩のように体を重ねていても、結婚や子供について話したことはなかった。キャリーが不安を抱くのは当然だ。話しあって、お互いの理解を深めよう。そうすればきっとうまくいく。

ふたたび、ドアをノックする音がした。今回顔をのぞかせたのはニックだった。

「入ってもいいかな？」

「もちろん」

ニックはなかに入ってドアを閉めた。「キャリーが早退するのを見かけたものだから、ちょっと心配になってね。喧嘩《けんか》でもしたのかい？」

「ああ……いや、たいしたことじゃないんだ」

「つまり、その件には触れてほしくないということだな」

いまの自分の感情を理解してくれる人がいるとすれば、それはニックだろう。ロブは椅子に座りなおし、真剣な顔でたずねた。「きみはどうして金を放棄したんだ？」

「おじいさん《ノンノ》が提案した後継ぎの金のことか？」

「そうだ。きみはテリーと結婚する前に権利を放棄しただろう？　子供ができるまで待たなかったのはなぜだい？」

「金はどうでもよかったからさ。そんなものは問題じゃないとわかったんだ」

「だからって、一千万ドルもの大金をあきらめるのか？」

「ぼくと同じ状況になれば、きみにもわかるよ」ニックはそこで言葉を切った。はっとした表情でつづける。「まさか、キャリーが？」

「ああ、その可能性があるんだ。でも、誰にも言わないでくれ」

「わかった」

ロブは首を振った。「まだ実感がわかなくて」

「結婚するつもりなのかい？」ニックがたずねた。

「もちろんだ」

「男の子だったら、ノンノから金をもらうのか？」

ロブは肩をすくめた。「なんとも言えないな」

「キャリーを愛していないのかい?」

「いままで彼女のような人に会ったことがないのはたしかだ。得がたい女性だよ」

「結婚する理由としては充分だろう」

「ノンノも喜ぶだろうしね」

ニックは訳知り顔でうなずいた。「赤ん坊の件があるからな。だが、きみは金のためにキャリーと結婚するのか?」

まさか。「キャリーと結婚するのは、結婚したいからだ」ロブは強い口調で言った。

「そうだとしても、きみが千五百万ドルを受けとると知ったら、キャリーはどう感じるかな。きみの本心を信じると思うかい?」

「金の件はぼくたちだけの秘密だろう。キャリーが知ることはない」

「言わないのもある種の嘘《うそ》だよ、ロブ。これから一生、嘘をつきとおすつもりか?」

「たぶんね」ロブはあいまいに答えた。それほど深く考えたことはなかったのだ。

ニックはため息をついた。「自信を持ってノーと答えられるまで、キャリーにプロポーズする資格はないぞ。彼女を愛していないということだからな」

言葉は辛辣だが、ニックは正しい。それはロブにもわかっていた。

翌日、キャリーは体調が悪いという理由で会社を休んだ。ロブは何度か彼女に電話したが、留守番電話に切りかわるだけだった。午後になってようやく電話がつながると、キャリーは眠っていたと主張した。

「心配しないで。ちょっと具合が悪いだけよ」

「なにか必要なものがあれば持っていくが」ロブは申しでた。

「けっこうよ。なんでもアリスがしてくれるから」

「キャリー、まだそうと決まったわけではないが――」

「月のものがきたかどうか知りたいなら、答えはノーよ」いらだった口調で、キャリーは遮った。「たいしたことはないの。大丈夫。ただ休養が必要なだけよ」

これ以上、キャリーを刺激するのは気がとがめた。

「なにかぼくにできることがあれば連絡してくれ」

「そうするわ」

だが、キャリーから連絡はなかった。ロブは夜まで待ってから彼女に電話したが、留守番電話になっていた。

週末もキャリーと話すことはできず、彼女から〝大丈夫、なにかあったらメールするわ〟というメールが一本、送られてきただけだった。月曜日になってもキャリーは現れず、ついにロブの我慢も限界に達した。

昼休みに車でオフィスを出たロブは、途中でドラッグストアに立ち寄り、キャリーの家に向かった。

玄関のドアを開けたキャリーは、オレンジのスウェットパンツに白のスウェットシャツ姿で、髪は無造作にひとつにまとめている。

キャリーは本当に病気なのか、気持ちが乱れているだけなのかとロブは考えた。あるいは、その両方かもしれない。

「入って。連絡をしなくてごめんなさい」キャリーは早口で言った。「あなたを拒絶するつもりはなかったのよ。自分のことに責任を持てない、しつこくて目ざわりな女と思われたくなかったの」

「キャリー、きみはしつこくもないし、目ざわりでもないよ。ぼくがいままで会ったなかでいちばんすばらしい女性だ」玄関に入りながら、ロブは言った。

キャリーは首を振った。「わたしはあなたにはふさわしくないのよ。面倒な状況になるとすぐに逃げだしたくなる。子供を産んだとしても、あなたも子供も捨てて逃げだすかもしれないわ」

「そうはならないよ。きみは自分で思っているよりずっと強い女性だからね」ロブは手にしていた袋を掲げてみせた。「月曜日に検査すると言ったね。さあ、たしかめよう」

キャリーは深呼吸をして袋を受けとった。「いいわ」

キャリーはバスルームに入り、ロブはドアの外で待った。人生でいちばん長い五分間だった。

バスルームのドアを開けたキャリーが、入るようにロブを促した。

キャリーは慎重な仕草で、洗面台のカウンターに伏せられていたスティックをひっくり返し、表示を見つめた。そしてスティックをもとに戻してため息をつき、ロブを見た。「陰性よ」

陽性だと思いこんでいたので、ロブは思わずききき返した。「陰性？」

キャリーはうなずいた。「妊娠していないわ」

その表情は心なしか明るく見える。

「そうか」なんと言うべきか、ロブはわからなかった。「妊娠したと思っていたんだが」

「いい知らせじゃない？　わたしと同じく、あなたもほっとしたに違いないわ」

「きみはほっとしているのかい？」どうして自分は同じように思えないのだろう？

「あなたは安心したはずよ。夜中に泣き声でたたき起こされたり、上着にミルクを吐かれたりすることもないんだから」

「そんなことはどうでもいいさ。ぼくはほっとしてはいない。少しがっかりしているんだ」

「まあ、ロブ……」キャリーはふたたびスティックをとり、ロブにも表示が見えるように掲げた。「わたし、嘘をついていたの。陽性なのよ」

「嘘をついたって?」ロブはわけがわからないという顔でキャリーを見つめた。「どうしてそんなことを?」

「ごめんなさい。でも、あなたの本心を知りたかったの」

ロブはスティックをキャリーの手からとって表示を確認し、首を振った。「ぼくに直接きけばいいだろう」

「あなたは〝ナイスガイ症候群〟だもの」

「ナイスガイ症候群?」

「あなたはいい人だわ。誠実で信頼できる人。だから、検査結果が陽性なら、あなたは本心ではなくても喜ぶふりをする。そうじゃない?」

ロブはためらってから認めた。「そうかもしれないな」

「でも、陰性で落胆したなら、それはあなたの本心だわ」

「そんなふうに試すなんて、ひどいな」

キャリーは肩をすくめた。「『フレンズ』では効果があったわ」

「『フレンズ』?」ロブは笑った。「コメディドラマからアイデアを盗んだのかい?」

「ええ」キャリーはにやりとした。

「それで、ぼくにどうしてほしい?」

「抱きしめるのはどう?」

ロブのたくましい腕が伸びてきて、キャリーを引き寄せた。きつく抱きしめられながら、すべてうまくいくとキャリーは思った。幸せになれるのだ。だが、不安は完全には消えなかった。

「わたしがひどい母親になったらどうする?」キャリーはロブの胸に頭をもたせかけたままたずねた。

「そのときになったら考えればいいさ。きみはお母さんや義理のお父さんから学んだことが少ないんだから、最初からうまくいくほうが不思議というものだ」

キャリーはうなずいた。ロブの言葉には一理ある。とりあえず、母親と義父のしたこととは反対のことをしよう。「でも、わたしがおじけづいて逃げだしたら？」

「そんなことはさせないよ」ロブはほほえんだ。「不安や悩みがあったら、なんでもぼくに打ち明けてほしい。ふたりで解決しよう。約束だ」

その言葉はキャリーの耳に心地よく響いた。「ええ、約束よ」

夢のようだった。ロブにかかるとなんでも簡単になる。いや、たぶんふつうの人にとっては簡単なことなのだ。自分もいずれ成長して、〝ふつう〟になれるかもしれない。短所を気に病むのをやめ、ありのままの自分を受け入れられる日がくるのかも。

「時間がかかるかもしれないけれど、努力するわ。見守ってね」

「そうするよ」

キャリーは目を閉じ、ロブの胸に身をすり寄せた。「あなたといない四日間は長すぎたわ」

ロブが強く彼女を抱きしめた。「ぼくも同じことを考えていた」

男らしいロブの香りに包まれて、キャリーは彼を見あげた。「これからどうする？」

ロブが彼女を見おろし、にっこり笑った。「赤ん坊を迎える準備をしよう」

16

キャリーの妊娠が本当だとわかった次の瞬間、ロブは数日前にニックが言っていたことの意味をようやく理解した。

子供が生まれる。ぼくはキャリーと本物の家族になるのだ。彼女は最愛の女性、かけがえのない妻となる。それは金と比較できるようなものだろうか？

おそらく、祖父の今回の提案には、孫息子たちを大金で釣って家族を持たせるという以上の意味がある。きっと試練を与えているのだろう。人生でなにが重要で、なにが重要でないかを教えるために。

ロブとキャリーは、医師に診てもらうまで妊娠のことは誰にも言わない約束をした。解決すべき問題は山積みだ。どこで暮らすか、仕事と育児の分担はどうするか。キャリーが望むなら、仕事を休んでしばらく子育てに専念するのもいい。ロブとしては、妊娠を公表する前に将来の見通しをつけておきたかった。

そして、医師の正式な診断が下された日に、ロブは計画に本腰を入れようと決意した。

まず、いちばん大切なことをしなければならない。ロブは片膝をついてキャリーにプロポーズした。本気なのかとキャリーが三度たずね、本気だとロブが三度答えたところで、彼女はやっと〝イエス〟と答えてくれた。

ふたりはとりあえずそれぞれの住まいで暮らすことにしたが、いずれはもっと子育てのしやすい、フェンスで囲まれた裏庭があるような広い家に移るのが理想だった。意見は一致しているので、急がずに探せばいい。

プライベートの計画が終わったころには、ふたりが会社で進めていたマーケティング案の修正がまとまった。

会社の役員たちとマーケティング部員でいっぱいの会議室で、テーブルについたロブの父親が重々しく告げた。「さて、見せてもらおうか」

アルがおのおのに書類を配った。それを読みはじめた役員たちから不満の声があがるまで、さほど時間はかからなかった。

「わたしも年をとったが、記憶力は衰えていないぞ」デミトリオはロブをにらんだ。「いくつかの変更はあるが、これはおまえが去年出した案と同じだ」

「違います」ロブはアルに指示し、ふたつ目の書類を配らせた。そんな演出はいらないとロブは思ったが、ふたつの案の違いを明確に示したいというキャリーの主張を受け入れたのだ。「これがぼくが出したものです」

「最初に配ったものがわたしの案です」キャリーは告げた。「わたしはロブの案のことをなにも知らなかったんです」

「いったいどういうことだ?」トニー・シニアがきいた。

「マーケティングのプロはわたしだけではなかったということです。御社に無駄な出費をさせたことを申し訳なく思います。しかし、ロブと彼のチームにはわたしの助けなど必要なかったのです。提案のいくつかはたしかに過激かもしれませんが、企業が生き残るには時勢に従って変化することが大切です」

デミトリオはテーブルに両肘をついててのひらを合わせた姿勢のまま、弟たちの顔を順に見た。そしてロブに視線を戻した。

「どうやらおまえに謝罪しなければならないようだ。おまえを信用して、主張に耳を傾けるべきだった。

だがそうしなかったために代償を支払った」

「では、ぼくの案を受け入れていただけるんですね?」

デミトリオはうなずいた。「ふたりの案を統合したものを、水曜日までにオフィスに届けてくれ」

「もうできていますよ」ロブはアルに指示した。「アル、三番目の書類を配ってくれ」

デミトリオは苦笑した。「目を通す時間をもらえるかな? 木曜日に改めて検討しよう」

みんなが会議室を出ていくざわめきのなかで、ロブは父親を引きとめた。「父さん、ちょっと話したいことがあるんだ」

ロブは身振りでキャリーを呼んだ。そばに来た彼女は少し不安げに見えた。ロブは安心させるようにほほえみ、やさしく彼女の肩に腕をまわして引き寄せた。

「知っているかどうかわからないが、キャリーとぼくはつきあっている」

「驚かなくてはいけないのかな?」平静な口調で、デミトリオは返した。

つまり父親は、ロブとキャリーの関係を知っていたのだ。となれば、親族の多くも知っているはずだ。

「キャリーは妊娠しているんだ」ロブはつづけた。

「そうか」父親は目をまるくした。「ようやくわたしも驚いたよ」彼はロブとキャリーを交互に見た。「先ほど提出された案には、プライベートな事情はかかわっていないと断言できるかい?」

「ええ。わたしはロブの案があることさえ知らなかったのです。自分の案をまとめたあとで読ませてもらって、ほとんど同じことに驚きました」キャリーはそう言ってから身を縮めた。「答えになっていませんね」

「きみの言いたいことはわかるよ」デミトリオはうなずいた。「プライベートのほうも心配はいらない。

きみは問題なく一族と打ちとけるだろう」

ロブはちらりとキャリーに目をやり、父親に視線を戻した。「彼女はシカゴにとどまることに決めてくれた。仕事もこちらでつづける予定だ。結婚したら、子育てしやすい広い家に移るつもりだよ」

「出産予定日は？」

「ハロウィーンのころです」キャリーが答えた。

奇妙なことだが、ふたりが揺りかごをリビングルームに移してから、地下室のドアがひとりでに開くことはなくなった。揺りかごも動かない。少なくとも、ロブやキャリー、アリスが見ているところでは。地下室にいたなにかは、揺りかごが必要になることを知っていたのかもしれない。

気味が悪いのはたしかだが、怪現象はおさまり、家は落ち着きをとり戻していた。

デミトリオが祖父になるというニュースは、またたくまに一族全員に広まった。もちろん、ロブの祖父であるジュゼッペのところにも知らせは届いているはずだ。

翌日の朝、ロブは祖父に電話をして、金はいらないと伝えた。〝おまえを誇りに思うよ〟と、祖父は言った。まるでロブがどう反応するかは予想していたという口調だった。

千五百万ドルを受けとる権利を放棄しても、感慨はほとんどなかった。これでトニーに三千万ドルを受けとる権利が生じたわけだが、トニーはどうするだろう？

昼になり、秘書がランチに出たあとで、ロブのオフィスにニックが顔を出した。「本気なんだな？」

「なにがだい？」

ニックはドア口にもたれた。「結婚して赤ん坊をつくることさ。それで千五百万ドルを受けとるんだろう」

「男の子でなければ一セントももらえないことを忘

れているぞ」

ふだんは穏やかなニックが、いまは怒っているようだった。「男の子だったら金を受けとるのか？」

「受けとってはいけない理由があるか？」

「本気で言っているのか？　いったいどこから話せばいいのかな」

「ぼくが心の底からキャリーを愛している、というところからはどうかな」

ニックはいぶかしげに目を細めた。「ぼくをからかったのかい？」

そのとおりだった。ロブはにやりとした。「ノンノに電話して、金はいらないと言ったよ」

「いつ？」

「今朝だ。きみに言われたことは忘れていないよ。ぼくは金がなくても生きていけるが、彼女なしでは生きられない」

「ノンノはなんて言っていた？」

「〝おまえを誇りに思う〟と」

「ぼくも同じことを言われたよ」ニックは考える顔になった。「ノンノはぼくたちが金を受けとらないことを予想していたんじゃないかな。それが計画の一部ということもありえる」

「トニーには通用しないかもしれないな」ロブは言った。トニーは野心家で、欲望を表に出すタイプだ。

「そっと見守ろうじゃないか」ニックが言った。

「彼はいまアリスに夢中だし、相思相愛のようだ」

ロブは肩をすくめた。「ノンノは今年中にぼくたち全員を結婚させようとたくらんでいるんだろう」

「男の子が生まれる確率は二分の一だ。さて、ぼくときみの子供、どちらが男かな」

「どちらも男の可能性だってあるぞ」カロゼッリの名がもう一代つづく望みはある。もっとも、予想外の妊娠がなくても、自分はいずれキャリーにプロポーズしただろうと、ロブは確信していた。

ニックが去ってしばらくして、ロブの携帯電話が鳴った。応じると、挨拶もなしにアリスが言った。

「いったいなにがあったの？　キャリーと喧嘩《けんか》でもした？」

ロブは眉をひそめた。「いいや。どうして？」

「キャリーは荷づくりしているわよ」

「荷づくり？　なにを？」

「私物をなにもかもよ。スーツケースやバッグにつめこんでいるわ。彼女、怒り狂っているみたい。いまあなたと話していることがばれたら、わたしは殺されてしまうかも」

どういうことだろう？　ロブは混乱して言った。

「キャリーとは今朝話したが、そのときにはなんの問題もなかったよ」

彼女はおじけづいたのだろうか？

「キャリーはなんと言っているんだ？」

「理由をきいても話してくれないの。ひとりでロサンゼルスに帰るって言うだけ」アリスは困惑したようにつづけた。「テリーとの賃貸契約がまだ残っているから、切れるまでこの家にいていいと言われたわ」

おじけづいているなどというより、ずっと深刻な事態のようだ。ロブはあわてて椅子から立ちあがった。

「キャリーをどこにも行かせないでくれ。できるだけ早く行く」

17

ロブがキャリーの家に着くと、彼女はちょうど荷物をSUVの後部に積んでいるところだった。ロブは彼女の車のすぐ後ろに車を止めた。

「どこへ行くんだ？」ロブは車から降りてきいた。

「家よ」キャリーは彼のほうを見ずに答えた。

「家にいるじゃないか」

「ロサンゼルスの家よ」

「理由をきいていいかい？」

「自分でわからないなら、あなたはわたしが思っていた以上のろくでなしだわ」

「いったいなにがあったんだ？」ロブは、家のなかに戻ろうとしたキャリーの腕をつかんだ。

「さわらないで！」キャリーはロブの腕を振り払った。「もう二度とわたしに触れる必要はないでしょう」

これほど怒っているキャリーを見たことはなかった。彼女が足音高く家に入っていったので、ロブはあとにつづいた。「キャリー、いったいどうしたんだ？ ぼくには見当もつかないよ」

キャリーが立ち止まってくるりと体を返し、ロブに向きあった。「千五百万ドルよ、ロブ。結婚して男の子ができたら千五百万ドル。それでわかるかしら？」

ロブは心中でうめいた。「ぼくとニックの話を聞いていたのか」

「妊娠検査の結果が陰性だったとき、あなたががっかりした本当の理由はお金だったんでしょう」

「それは違う。ぼくとニックの話を最後まで聞いていればわかったはずだ」

「わかっているわよ。結婚して後継ぎになる男の子が産まれたら千五百万ドルあげると、おじいさまに言われたんでしょう?」

「ああ。だが、きみが聞いたのはぼくがニックをからかっていたときの言葉なんだ」ロブは必死で釈明した。「金をもらうつもりなんてない。祖父にはすでに、その権利は放棄すると電話で話していた。ニックをからかったあとで、ぼくは言ったんだ。〝金がなくても生きていけるが、彼女なしでは生きられない〟とね」

キャリーは息をのんだ。「それは……たしかなの?」

「要するに、きみはぼくを信じていないんだな」ロブは投げやりに言った。

「どうして信じられる? あなたがお金のために結婚を申しこんだとわかったのに――」

「ぼくが言っているのはいまのことじゃない。前からずっとだよ。もしぼくを信頼してくれていたなら、ニックとの会話を聞いたとき、直接ぼくに真意をたしかめたはずだ。そして一緒に解決の道を探しただろう。約束したようにね。でも、きみはいとも簡単にあきらめて逃げだした」

「わたしは……逃げていないわ」キャリーは目をそらした。彼女は自分でもその答えを信じていないようだった。

「いや、きみは逃げたんだよ。逃げる以外の方法を知らないから」ロブはため息をついた。「ぼくが心の底からきみを愛していれば、そんな状況はかわるだろうと思っていた。だが、それは間違いだったらしい。どれほどきみを愛しているかを証明しても、意味はないんだ。きみは逃げつづける。そしてぼくは、きみを追いかけることに残りの人生を費やすことになる」

キャリーはつぶやいた。「あなたはわたしにはもったいないと言ったはずよ」

「そうだな。耳を傾けるべきだったよ。親権についてはお互いの弁護士をとおして協議しよう」ロブはきびすを返し、ドアから出ていった。

キャリーはその場を動けず、胸の痛みに耐えた。ロブはチャンスをくれたのに、自分はそれをむざむざと捨てたのだ。ロブほど我慢強く接してくれた男性はいなかった。それなのに、自分は逃げた。彼は正しい。たしかに自分は、逃げることしか知らなかった。

いますべきなのは、わたしもあなたを愛しているとロブに告げることだ。ロブがプロポーズしたのは金のためではないと、いまは信じている。もし彼に問いただしていれば、いまごろはすべてうまくいっていただろう。結婚の計画を進め、ふたりで住む家を見つけていたはずだ。

ロブのあとを追いかけて、もう一度チャンスをくれるよう頼みたかった。

でも、ロブは受け入れてくれるだろうか？　自分はひどく彼を傷つけてしまった。

キャリーは目を閉じて深呼吸をした。ロブを愛している。心から。もう二度と彼を疑ったり、逃げたりはしないとロブに信じてもらいたい。

追いかけよう。ロブが永久に去ってしまう前に。

そう決意して目を開けたキャリーは、ロブが目の前に立っていることに気づいて飛びあがりそうになった。

ロブが人さし指を振ってみせた。「きみの勝ちだ」

思いがけない言葉に、キャリーは唖然《あぜん》とした。

「どういうこと？」

「車に向かう途中で、自分がどれほど愚かだったかに気づいたんだ。逃げたと言ってきみを責めたが、ぼくも同じことをしていた」

「あなたが？」

「ああ。きみが逃げるなら、追いかけつづければいいんだ。ぼくはいつもきみのそばにいるよ。去ったりしないことを証明するためにね」

「それでなぜわたしが勝ったことになるの？」キャリーは首をかしげた。

「もうきみと喧嘩《けんか》したくないから、敗北宣言をしたのさ」ロブはいたずらっぽく言った。「これできみは逃げられないよ」

「いいわ」キャリーは笑った。

ロブはまばたきした。「本当に？」

「ええ。だってあなたの言うとおりだもの。わたしはあなたを拒絶する理由を探していたの。本物の愛を手に入れて、失うのが怖かった。でも、あなたとならきっと恐怖を克服できると思う」

ロブがにっこりほほえんだ。「これからはずっと一緒だ。いいときも悪いときも」


ロブの腕に抱きしめられて、キャリーは幸福を噛《か》みしめた。最後の一歩を踏みだすには、勇気をもって信じることだ。

ふたりは互いの体に腕をまわした。もう二度と離れることはない。

ハーレクイン®

オフィスでキスはおあずけ
2014年2月5日発行

著　者　ミシェル・セルマー
訳　者　緒川さら（おがわ　さら）

発行人　立山昭彦
発行所　株式会社ハーレクイン
東京都千代田区外神田 3-16-8
電話 03-5295-8091（営業）
0570-008091（読者サービス係）

印刷・製本　大日本印刷株式会社
東京都新宿区市谷加賀町 1-1-1

編集協力　有限会社空泉社

ISBN978-4-596-51598-8 C0297

ディザイア1600号記念号
ワイルドなヒーローが魅力のアン・メイジャーが贈る！

学生のころ、名家の御曹司コールとひと夏の恋をしたマディ。6年後、帰郷した彼女は、秘密の逢瀬を重ねていた場所で、思いがけずコールと再会し…。

『かなわぬ恋にこの身を捧げ』

●ディザイア
D-1600
2月20日発売

オリヴィア・ゲイツの〈愛を拒むプリンス〉第2話

愛情に恵まれず育ち、孤独な少女時代を送ったゾハイド王族のカンザ。昔から憧れていた実業家アラムと引き合わされるが、それにはある思惑が隠されていた。

『億万長者と砂漠の姫君』

●ディザイア
D-1599
2月20日発売

超人気作家リン・グレアムの〈4姉妹の華燭の典〉第2話

モデルのサフィは5年前、砂漠の国の王子ザヒールと結婚し、1年で離婚した。二度とその王国は訪れたくないと思っていたが、やむなく仕事で訪れることになり…。

『熱砂にさらわれて』

●ロマンス
R-2939
2月20日発売

サラ・モーガンが描く一夜かぎりの恋人との再会

助産師のブルックは魅力的な男性ジェドと一度だけ夜を共にし、息子をさずかった。数年後、新任のドクターとして彼が職場に突然現れるとは思いもよらずに…。

『あの夜の代償』

●イマージュ
I-2311
2月20日発売

ヴァイオレット・ウィンズピアの修道院育ちのヒロイン

交通事故に遭ったイニスは、目覚めるとガードという男の屋敷にいた。記憶をなくした彼女は、ガードと婚約していると知らされるが、彼には恐怖しか感じず…。

『小公女の恋』

●イマージュ
I-2312
2月20日発売

人は彼らを"悪魔"と呼ぶ──傲慢非道なヒーロー特集 第2弾

あの美しい男が、また奪いにやってくる──
9年前に飽きて捨てたはずの幼妻を。

ロビン・ドナルド作
『潮風のラプソディー』（初版:R-651）

●プレゼンツ 作家シリーズ別冊
PB-139
2月20日発売